U0140513

COLLECTION
德东绝版文集
WORKS

我遇见了我

I MEET MYSELF

周德东◎著

万卷出版公司

鬼神文化是人类最早的文化。

人类之初，由于不了解雷霆闪电山洪地震等等自然现象，就创造了鬼神文化。鬼神文化乃文学之母，作为一个文人，我对其充满敬慕之心。

时间深邃，空间浩瀚——渺小的人类对这个世界的探知永远是有限的，因此，恐惧无边无际，无始无终。

恐惧感来自遗传、经验、想象、暗示。它伴随我们一生。

婴儿离开漆黑、柔软、温暖、寂静的子宫，对光明充满恐惧；长大之后，对黑暗、灾祸、玄虚、未知充满恐惧；于人生的尽头时，对死亡充满恐惧……

东西方的惊悚文化不同。西方倾向于现实的惊悚，比如变态杀人狂、灾难、怪兽、外星人、机器人等等，那是某种物质的惊悚；东方倾向于鬼魅的惊悚，比如莫名其妙的怪事、不可解释的现象、若隐若现的神秘不可抗力等，那是某种精神的惊悚。

既然每个人都有恐惧感，那么，作为文学的一种类型，惊悚小说就不能缺席了，它用来探索惊悚、展现惊悚、战胜惊悚。

从功能角度讲，惊悚小说是人类精神世界的猛药，"熟视无恐"，它能够增强读者的抗惊悚心理素质，从而变得勇敢和坚强；从娱乐角度讲，惊悚小说是辣椒，用来丰富读者的口味。我们不可能天天吃辣椒，但是如果这个世界上压根没有辣椒这个品种，那我们的精神餐桌就太单调了；从文化意义上讲，惊悚小说对源远流长的鬼神文化是一种传承；从哲学意义上讲，惊悚小说是在探索生命、灵魂和宇宙的奥秘……

中国当代惊悚小说依然处于摸索阶段。从上世纪末开始，经过多年的艰难努力，本土惊悚小说终于得到了广大读者的喜爱，很多惊悚小说开始占据图书畅销榜，拥有了特定的读者群体。近两年，惊悚小说如同雨后春笋从各个角落冒出来，有优有劣，令人喜忧参半。

当下的惊悚小说基本分两大类：一类是鬼故事，更多流传于民间和网络。优秀的鬼故事并不多见，很多鬼故事停留在民间传闻阶段，没有经过文学提炼，宣扬迷信和血腥，意义消极，大大贬低了惊悚文学在大众心中的形象；另一类是惊悚故事，以鬼魅为表皮，最后慢慢揭开谜底，还原现实真相。我把这类故事称为"装神弄鬼型"。好的惊悚故事抨击人性之恶，现实之丑，在各类题材中最具力量。

我写过十四部惊悚小说，均属于"装神弄鬼型"。其中，我最喜欢《三减一等于几》。

实际上，大手笔的惊悚小说呈现的应该是某种天马行空式的惊悚，甚至没有逻辑。追求严谨，那是推理小说。而目前，中国的惊悚小说家挤在同一条刚刚起步的路上，都在比拼编故事的技巧——不管前面的悬念多么巨大，中间的气氛多么惊悚，结尾都要给出一系列严丝合缝的解释。为了最后能够自圆其说，驴唇对上马嘴，我们的作家总是在绞尽脑汁地重复这样一个工作：造包袱和抖包袱。正因如此，很多作品显得刻意、做作、拘谨、虚假。

在我看来，惊悚小说要上台阶，比拼的不是技巧，而是想象力。

远古时期就产生了鬼神文化，那是人类最伟大的作品。那时期的人类思维就像一个人的生命之初，属于孩子式的思维，而我们现在缺乏的恰恰是孩子式的想象力。前路漫漫，让我们上下左右前后求索吧。

最后说一句，虽然我写惊悚故事，但是我希望你们生活中所有的惊悚都是故事。

我遇见了我 1

生活中，恐怖不可能都是故事。

J号楼保安 117

最安全的人，也许是最危险的人……

蓝袍子 181

我宁可在戈壁草原上奔走一夜，也不愿意掉进她那没有底的秘密里，粉身碎骨。

死亡之妆 209

他一步步走近葛桐，他手中的剪子已经逼近了葛桐的喉管："你给我当模特，好不好？"

孤店 231

经常写恐怖故事的人，早晚要遇到恐怖的事。

目录
CONTENTS

Story **1**

I MEET MYSELF

我遇见了我

生活中，恐怖不可骇都是故事。

一、冒充我的人多如牛毛

那个冷秋天啊
你要衣冠楚楚地做人

——王小妮

有一个专门写恐怖故事的人，他很瘦，眉毛重重的，眼睛亮亮的。

现在我要给他起个名字，那就叫他周德东吧。

我就是周德东，周德东就是我。

这个名字还真是我自己起的。小时候，父母把很多带字的卡片摆在我面前，让我抓，我就选了这仨字。那是我人生第一次创作，绝对大手笔，这仨字气势磅礴，不是一般人能排在一起的。

但有时候，周德东不是我。我的意思是，冒充我的人多如牛毛。

连我这样的人都有人冒充，说明在这个世界上混得不如我的人多如牛毛。

下面，我讲几个故事。

在山西那个产煤的城市，有一天，发生了一起恐怖的血案，有一个很瘦的人专门挖孩子的心，死了两个孩子了。案发后，全城大恐慌。变态者混进了盲流群，销声匿迹。

警方连夜大搜捕，他们在火车站带回一批又一批没有证件的人，最后关不下了，把一所职工学校也当成了临时拘留所。

一间房子里，关押着六个人，其中有个人长得很瘦，眉毛重重的，眼睛亮亮的，穿着一件怪兮兮的黄风衣，只有他好像不怎么害怕。他不像其他民工那样眼睛溜来溜去，他一直闭目养神。

天亮后，终于来了警察，一男一女。那男警察一脸横肉，和这群盲流比起来，他更像个坏人。那女警察长得不算漂亮，却很威风。

他们让六个可疑的人全蹲在地上。

男警察冲这六个人念了几段关于盲流的文件，神情很冷漠。他最后说，这次血案不同平常，所有涉嫌人员都要被收容，等查清案子，再把与血案无关者遣送。

这时，女警察发现那个很瘦的人在偷偷看她，她有些不高兴，大声说："看什么看？低下脑袋！"

男警察注意到了这个人，朝他一指："你，姓名，哪里人，职业。"

这个人平静地说："周德东，东北人，作家。"

男警察不看书，他满脸揶揄地问："作家？你有啥证明？"

"没啥证明。"

男警察："没有证明你就是盲流。"

说话间，那女警察抬头问："谁说他是周德东？"

她是一个喜欢读书的人，又是一个读书喜欢记作者名字的人（她甚至能记住尼古拉·奥斯特洛夫斯基），正巧她读过周德东的书，而且记住了周德东这个拗口的名字。

很瘦的人友好地朝她笑了笑，说："我，是我。"

她很怀疑地看了看这个蹲在地上的人："你的身份证呢？"

很瘦的人说："我去考察八路军走过的地方。在古浪那疙瘩，我的身份证被人偷了。"

她又问："你能说说你写过什么书吗？"

很瘦的人就流利地说出了几个书名。

那个女警察对男警察小声说："他是作家，我担保。"

男警察对很瘦的人挥挥手，不耐烦地说："你可以走了。"然后，他又讯问下一个。

很瘦的人走出关押地，长吐一口气。空气无比新鲜，女人真美好。

身后有人叫他："哎——"原来是那女警察追了出来。他就停下了。

那个女警察有些不好意思地说："我想请你去我家做客，可以吗？"

很瘦的人想了想，说："可以啊。"

在路上，女警察告诉他，她叫房丽，她老公叫吴进忠，是个教师，他对文学很痴迷，写了很多年，就是发表不了。

她说："周老师，我希望您以后能帮帮他。"

很瘦的人说："这事儿没问题。"

到了房丽家之后，她老公吴进忠听了太太的介绍，十分高兴，他忙前忙后，又递烟，又沏茶。

很瘦的人一坐下就开始谈文学，谈霍桑，谈博尔赫斯，谈伍尔芙，谈乔伊斯，谈斯蒂芬·金，谈当前大众对纪实类文学的热衷，对虚构小说的疏远……

很瘦的人一直说到吃晚饭。他饿瘪的肚子终于被丰盛的饭菜塞满了，甚至还打了嗝。当晚，善良的小两口挽留他住下来。

次日，他离开的时候，小两口恋恋不舍地送他上路。

吴进忠挑了一些稿件给他，希望他能向出版社推荐推荐。

很瘦的人说："你们就等信儿吧。"

房丽看他的黄风衣太破了，就把老公的一件黑风衣给他换上了。接着，她又拿出三百块钱，要他带上当路费。很瘦的人不要，房丽坚持塞进了他的口袋。很瘦的人就说："以后我会还给你们的。"

很瘦的人离开之后，房丽把他留下的那件黄风衣扔进垃圾桶的时候，不经意地看见，那风衣的束带上有淡淡的血渍……

这个人不是我。这个不是我的人离开大同之后就消失了。

有一天，我莫名其妙地收到一本杂志，不知道是谁寄的，叫《云冈纪实文学》，上面有一篇文章，就是那个很瘦的人写的，讲的就是这件事，在文中，他向我本人以及房丽一家谢罪。

这个人署名爱婴。文后还有通讯地址，他是吉林公主岭人。

海南岛。椰子树，美丽的大海，满街晃动着脸皮越来越厚衣服越来越薄的女人。

这一天，《特区报》编辑部来了一个很瘦的人，他说他是作家周德东，他说他的钱包丢了，他说他希望报社借给他一点路费。

那时候网络还不发达，不像现在，从网上一搜周德东的照片，就会出来几百张。

一个记者讽刺说："我在一个笔会上见过周德东，他没你瘦，也没你胆大。"

办公室的人都笑了。

很瘦的人有些慌乱，说："我想你见的那个周德东是假的。"

那个记者就晃着脑袋问："那你把身份证拿出来让我看看。"

很瘦的人不好意思起来，小声说："丢了，正在补办。"

那个记者又补充一句："周德东也没你幽默。"

很瘦的人退到门口，还不死心，说："我最怕的就是——假的被当成真的，真的被当成假的。"

那个记者正在赶写稿件，他已经不耐烦了，扬扬手说："换个地方骗去吧！"

很瘦的人翻了翻眼，尴尬地离去。

——这个人是我，真是我。

这次尴尬的经历，发生在三年前的夏天。那个夏天贼热，满大街的人都吐舌头。

周德东写了很多年文章，可是，一直没搞出什么大名堂。现在，他买了一幢漂亮的房子，定居北京，不再漂泊，他和他太太像童话里讲的那样过上了幸福的生活。

最近，周德东很想回老家住一段时间。

他的老家在天安县绝伦帝小镇，十八岁那一年他穿上了军装，雄赳赳气昂昂跨过山海关，出来闯荡世界。

这些年，他一直追名逐利，不能自拔，转眼已经八年没回老家了。

他想看看母亲老成了什么样子，他想看看又冒出了多少外甥和侄子，他想看看绝伦帝那一尘不染的天，他想在那个安静的小镇好好写本书——当然是恐怖故事。

他一直发誓要好好写一部通俗小说，可是写着写着，不自觉地就清高了，就深沉了，就成老师了，就装神弄鬼了。实际上，当通俗作家也要排除杂念，心甘情愿做一个下九流的说书人，老老实实为大众写好看的故事，这是一件不容易的事。

他还打算到老家天安县文化馆看看，他想为他们做点什么。第一篇写周德东的文章，就发表在天安县文化馆的内部刊物《黑土地演唱》上。绝伦帝小镇归天安县管辖，在县城南边，一百里路。那时候，周德东在外面混出了一点小名气，尽管天安县文化馆没有人见过他，但是都知道他是从绝伦帝小镇走出去的，作为家乡人，他们感到很自豪。

因此，这天下午当一个很瘦的人突然出现在天安县文化馆，说他是周德东，大家还不太信。

他刚进门的时候，文化馆的张弓键推了推眼镜，问他："你找谁？"

这个人并不急于说他找谁。他夹着一个很普通的皮包，慢慢地看了一圈办公环境，然后坐在了张弓键的对面，说："我找馆长。"

"馆长去省里学习了，我是副馆长，有事你跟我说吧。"张弓键说。

很瘦的人和张弓键拉了拉手，大声说："你好。我是周德东，绝伦帝小镇的那个周德东。"

他一边说一边递上他的证件。那是一个保存得很好的本子，深蓝色。发证单位：陕西作家协会。姓名：周德东。出生年月：1967年8月8日。籍贯：黑龙江。入会年月：1996年2月6日。发证日期：1996年2月6日。编号：755。

编号那疙瘩有点模糊，有点像155。

张弓键一下就睁大了眼睛："是你呀，我早就听说过你的名字！啥时候回来的？"他一边说一边给周德东倒水。

周德东说："刚下车，直接就上你们这里来了。"

"这次回来是体验生活吗？"

"我想静下心写一本新小说。"

"噢。"

"另外，我还想扶持一下咱县的文化事业。"

张弓键高兴地说："那可太好了！"

周德东说："我离开老家太久了，对这里的情况不了解。这样吧，你们看看有没有好的文化项目，然后给我整一份可行性报告，我觉得行，立马投资。"

张弓键立即说："我好好琢磨琢磨。"

周德东站起来，说："我要赶回绝伦帝小镇了。我十天半月走不了，你们可以随时把报告送给我。我走了。"

张弓键当然不会让周德东马上走，他带着文化馆的几个人，当天晚上请周德东吃饭。他们去的是天安县最好的一家饭店，叫"空中楼"。

他们是开着文化馆的吉普车去的，那车八成新。

在车上，张弓键留周德东在县城里多住几天。周德东说，他明天必须得赶回绝伦帝小镇。因为黑龙江电视台跟他约好了，明天在那里给他拍一个东西。

接着，他给大家讲起了他新构思的恐怖故事，讲到高潮处，把文化馆的两个女孩吓得连声尖叫。

这时候，他的移动电话响起来，把他的故事打断了。

他不太高兴地接起来："喂，哪位？哎，你好……明天下午吧……没问题……我在绝伦帝小镇等你们……你是导演，你想怎么拍就怎么拍吧，越真实越好……嗯……嗯……再见。"

他挂了电话，继续讲恐怖故事……

一个叫金宝的女孩说："周老师，我在《新青年》杂志上见过两句话，概括了您全部的特点——瘦比南山，千金不笑。见了您，果然是！"

他说："瘦是真的，从小到大没胖过，怎么吃都不行。千金不笑就有点夸张，别说千金，捡一只镀金的戒指就喜笑颜开了。"

金宝又说："那期杂志的封三还有一幅您的漫画，我现在觉得一点都不像。"

他说："漫画嘛，肯定不像。"

喝酒时，大家都很高兴。

文化馆是个穷单位，大家整天混日子，心里都盼着能做点大事，而周德东就要给他们带来转机了。他们相信周德东有这个实力。

张弓键有点醉了。两个女孩也喝了很多酒。

周德东说："对了，张馆长，我打算先去各个乡镇转一转，搜集点写作素材，你能不能开车跟我跑几天？我的车没开回来，特别不方便。"

张弓键："没问题，就是车不太好。"

周德东："就是个交通工具而已，我自己的车也不是什么豪华车。"

文人在一起喝酒，免不了要唱歌助兴。张弓键甚至搞来了一架手风琴，他为大家伴奏。大家就唱："一更二更又三更，月牙挂高空。梁山泊呀，想念祝九红……"有高有低，有粗有细，有快有慢。

出了"空中楼"饭店，张弓键说："明天咱们几点走？"

周德东说："算了，不麻烦你了。"

张弓键诧异地问："怎么了？"

周德东说："你跟我四处跑，太辛苦了，而且我也感觉不方便，我喜欢一个人的状态。谢谢你！"

张弓键说："你自己不是会开车吗？你自己开呗！"

周德东有些犹豫："咱家这疙瘩的路实在太糟糕，我怕不适应……"

张弓键说："吉普车皮实，你随便开。"

周德东想了想，说："好吧，我明天早上来取车。"

张弓键回到家，酒醒了，他忽然想起金宝的那句话："那期杂志的封三还有一幅您的漫画，我现在觉得一点都不像。"

他觉得有点唐突：就这样把车借给这个陌生人了？

他想核实一下。

次日一早，他打了很多电话，终于查到了周德东北京办公室的电话——《夜故事》编辑部。

在电话里，他听见周德东的声音跟那个人很不一样，他低沉的声音从雄伟的天安门脚下传来："你好，哪位？"

"我是天安县文化馆的张弓键副馆长，想跟您核实个事儿——您在北京吗？"

周德东："是的。"

张弓键说："周老师，有人冒充你！幸亏我打了这个电话！"

周德东说："他长得啥样？"

张弓键描述了一番。

周德东说："好像不是我认识的人。"

张弓键说："反正我知道他不是您就行了。"

接着，张弓键在电话里和周德东又聊了一阵子。他热情地邀请周德东回天安县来，周德东也表示他最近很想回老家呆一段时间。

张弓键说："您回来辅导辅导咱县的文学爱好者。"

周德东说："忙完这段儿，我一定争取回去一次。大约下月一号吧。"

最后，周德东说："张馆长，冒充我的人肯定是了解我的人，了解我的人基本上是喜欢读书的人。都挺不容易的，如果他仅仅是混顿饭，骗个路费什么的，把他揭穿了，警告警告他就算了。你看呢？"

"他想骗车！"

"噢，那就得报案了。"

放下电话，张弓键报了案。

骗子没说过他住在哪个宾馆。警察就在文化馆周围布控，等骗子落网。骗子可能嗅出了危险的气息，他一直没有出现。

这个对周德东了如指掌的人神秘地消失了。

第二个月一号，周德东准时回来了。那天万里无云，天蓝得不像真的。

他一进门，那个叫金宝的女孩就高兴地叫起来："这才是那幅漫画上的周德东！"

骗子满面红光，而眼前这个真正的周德东脸很白，甚至让人觉得那是短命的征兆。那当然是他常年伏案贪黑写作的结果。

那次，周德东为天安县各乡镇的文学青年讲了三天课，没收任何报酬。

其实，他并没给大家讲写作技巧之类，他仅仅是向大家灌输一种精神，一种打不倒压不垮击不败的精神。他讲起他的经历，讲他如何一路打拼，从村到镇，从镇到县，从县到市，从市到省，从省到京。讲他当记者的时候因披露真相被追杀，讲他在戈壁草原放羊的时候差点被沙尘暴吞没，讲他生过多少次，死过多少回……

有很多文学青年都听哭了。

学习结束后，周德东给一百多位学员每人发放了一本他写的恐怖故事。凭大家的经验，这是作家卖书的好机会，可他们错了，周德东没收一分钱，都是赠送的。

而周德东住的是县城最好的宾馆，吃住都是自费。张弓键曾提出要用文化馆那点有限的经费给他报销，他怎么都不同意。

这期间，天安县主管文化的副县长派秘书三请周德东吃饭，均遭拒绝。

第四天，周德东离开了天安县，他说他要回绝伦帝看他妈，然后就得回北京去，他还有一摊子工作……

这个周德东要多好有多好：有才华，没架子，视钱财如粪土，不媚权势，还很孝顺……

——这是一个最恐怖的事件。

你会问为啥。

我告诉你——因为这个脸很白的周德东不是我。

二、多年前的一张陌生人照片

我也是木偶中的一个
我撞见另一个木偶
我和另一个木偶互相尖叫
"木偶！木偶！"

——岩鹰

张弓键到北京旅游结婚，他带着新婚太太到编辑部看望我。

他认识我，可我不认识他。

他坐在我的对面，亲口对我讲了前面那个脸很白的周德东的故事。

我问他当时打的电话号是多少，他说了八个数，那确实是我的电话。可为什么和他通话的是那个人呢？张弓键的电话打过来的时候，正巧他溜进了我的办公室？

叫爱婴的那个人冒充作家是为了逃避收容。

那个要扶持天安县文化事业的人是为了骗车。

每个人都有实际的目的。

而这个神秘的人是为什么？

《新青年》曾经在封三刊登过我的漫画，我见过，画得特别像。接到那本杂志的时候，我还感叹半天，不但形似而且神似。后来，我专门问过那家杂志社的编辑陈大霞，问她那个漫画是谁画的，她说是他们的一个美术编辑照着我的照片画的，她还告诉我那个美编姓肖。

金宝说那个人跟漫画上的我一模一样，就说明他和我很像。

他竟然和我很像！

张弓键惊恐地对我说："太像了，根本分不清！如果您不是这样严肃，我还以为您跟我开玩笑呢！只是……"

"只是什么？"我问。

他犹豫了一下，说："……只是他的脸很白，比我还白。"

张弓键的脸就很白。比他还白？那还是人的脸吗？

他补充说："他是那种没血色的白。"

我的心抖了一下。

不管怎么样，我还是请张弓键和他新婚的太太吃了顿饭。他太太叫花泓，长得挺漂亮，好像在县政府工作，文秘之类。

送走张弓键副馆长之后，我一直都在想那个人的长相。

我确实害怕了。

假如他仅仅是长得凶恶，我不会如此害怕。因为，那种危险是大家共同的危险。而现在，他仅仅是长得像我，没人注意到这件事情，没人察觉到这里面有一个巨大的阴谋，没人帮助我。就像一个小孩看到了一个非常可怕的东西，正一步步朝他逼近，但是大人却看不见，继续在灯下织毛衣……

还有令我不解的——他竟然有我的身份证！伪造的？当然，现在连乳房和处女膜都能伪造，造个身份证更应该没什么问题。可是，他似乎并没想干什么坏事，为啥下这么大功夫？

这人是谁？

我冥思苦想，越想越玄乎。

虽然我的职业是写恐怖故事，但是我希望生活中所有的恐怖都是故事。

可是，冥冥之中就像有什么安排——正像我说的，写恐怖故事的人早晚要遇到比他的想象更恐怖的事情。

现在我就遇上了，这个恐怖故事刚刚开演。

它刚刚开演。

其实我的胆子并不大，我很害怕现实中的一些莫名其妙的事。假如生活中有个陌生人一直怪怪地盯着我的眼睛，没有任何进一步的举动，超过半小时，我会跟你一样，最后落荒而逃。

这世上的事，世下的事，我搞不懂，咱们都搞不懂。

但是，我是一个恐怖小说家，我必须表现得很硬气，神经很茁壮，生命很阳刚。

这算是一种职业道德吧。

读者在看恐怖故事的时候，不知不觉会把作者当成参照物。大家都是脆弱的，都是容易接受暗示的动物，如果他们知道，对他们说"不要怕"的人，其实心里更怕，那他们怎么办？

我除了要在故事中做一个榜样，而且我还要尽量满足读者在来信中提出的各种要求（除了向我借钱）。我的信箱请在另一本书《三减一等于几》中查找。

……我忽然想起多年前一张旧照片。

有一年，海南电视台有个导演，飞到古城西安（当时我在编《女友》杂志），要把我这个苦孩子的经历拍成电视剧，八集。他把名字都想好了，那名字很俗，在此不提。

当时《女友》杂志上还登过一则启事，为这个电视剧选男主角和女主角。

女主角八个，一集一个。男主角当然是我，我当然是一个。

报名的信件像雪花一样飞来，都装着照片和简介。那些信堆了半个房间。有两个编辑专门加班帮我拆信，每天都干到很晚才回家。

这天夜里，有个编辑突然叫起来。我问她怎么了，她举起一张照片说："这个男的跟您长得真像啊！"

我接过来看了看，果然像！

另一个编辑看了后，朝我鬼鬼地笑。

我说："你笑啥呀？"

他说："周老师，您别开玩笑了。"

我说："我开啥玩笑了？"

他自作聪明地说："这张照片是您自己寄来的，逗我们玩儿，对不对？我一眼就看出来了。"

我说："咳，真不是我！"然后我对发现这封信的那个编辑说："你把信封找来。"

她就把那信封找来了，上面的地址是遥远的北京……

难道在天安县文化馆成功冒充我的人，就是照片上的人？

我努力回忆，那个信封上的通信地址好像是一个叫《卖》的报社，我当时对这个报纸的名字赞不绝口，我说："一份全是各种商品信息的报纸，名字叫《卖》，多好啊——《卖》报《卖》报！"

不过，我怎么都想不起照片上那个人的名字了。

虽然希望渺茫，但我还是决定去《卖》报社找找他。

我要找到多年前这张照片上的人。

我在新闻出版这个圈子呆久了，很熟，我很快就找到了《卖》报社。那是一座写字楼，里面有很多公司。我走在楼道里，东张西望。

有个矮个男人迎面走过来，他跟我打招呼："曹景记，你回来了？"

我陡然想起那人就叫曹景记！

我急忙说："我不是曹景记，我找曹景记。"

那矮个男人走近了我，才发现自己认错了人，他惊叹道："嘿，你和他长得真像！对不起！您是他弟弟吧？"

我说："不是。"

他斜着眼睛看我，得意地笑了："那他就是您弟弟了。"

"也不是。"我知道我遇见了一个饶舌的人，于是绕开谁是谁弟弟这个十分不沾边的问题，直接问："他的办公室在哪儿？"

他说："您不知道？他半年前就跳槽了，那段时间我不在，我表姐生病了……"

我急切地问："他去啥单位了？"

他说："一个影视公司，好像叫什么……24小时，听说他去当副总经理，而且薪水特别高……"

我说："你帮我找找他的电话，行吗？"

他说："你等等，我去采访部问问。他原来一直做记者，是个很敬业的记者……"他一边说一边走进了一间办公室。

过了很长时间，这个热心的矮个男人才出来，他说："真抱歉，曹景记跟他们都断了联系……"

我有点不知所措了。

一个直觉冲击着我的脑海——就是他！

最后，我终于没找到曹景记的任何联系办法，只好沮丧地离开了。

之后，我像大海捞针一样一直打探这个叫24小时的影视公司。

其实，这根针就在我脚下——有一次，我跟一个朋友闲

聊，说起了这件事。他说："我知道这个公司呀，前不久，他们还找我写过一个本子呢。"

我眼睛一亮："他们在哪儿？"

他说："好像就在你的编辑部附近。等我回去找到名片再告诉你。"

晚上，我的朋友打来电话，告诉了我详细地址。果然就在我工作的编辑部旁边，三环路上。第二天我就去了。

我一帆风顺地找到了那家公司。

那个公司的人也都说我和曹景记长得像。

一个职员告诉我，曹景记一个月前就神秘地辞职了。而且，他和公司里的任何人都没有联系。

一个月前正是假周德东在天安县为文学青年讲课的时间。

我问那个职员："你知不知道他住在哪儿？"

那个人说："我几个月前去他的住处取过一次资料，不知道他现在是不是还住那儿。"然后，他把那个地址告诉我了，是玫瑰居一带。

我立即赶了过去。

来到玫瑰居的时候，天快黑了，路灯亮了，个别小偷已经从洞口露出眼珠。

那是一个很旧的楼，所有的窗户都没有光亮。

我慢慢地爬上去。楼梯很黑，有一股霉味。我在走近一个可怕的谜底。

楼道里没有灯，暗暗的，一片死寂，只有我慢吞吞的脚步声。我甚至怀疑这是个废弃的楼。

我来到最高一层，凑近门板看门牌号。

没想到，这扇门竟然自己慢慢拉开了！

一张脸出现在我面前，把我吓了一跳。

他和我面对面地站立着。

我俩都愣住了。

他的脸很白，是那种没有血色的白。

他和我长得像极了!

就是他!

我先说话了:"你是曹景记吗?"

他反问:"你是?"

我说:"我叫周德东。"

他冷冷地说:"我不认识你。"

我说:"几年前,你不是给《女友》杂志社寄过一张照片吗?"

他皱皱眉:"什么《女友》杂志?我根本不知道。"

我想了想说:"我是个作家,写恐怖故事的,我可以进屋跟你聊聊吗?"

他也想了想,然后说:"你想进就进吧。"

这是一个很简陋的房子,一看住的就是那种随时要搬走的人。屋子一角有一堆乱七八糟的书。房顶有一只很小的灯泡,昏昏黄黄。

我小心地坐了下来。

我印象最深的是窗户上挡着严严实实的帘子。那帘子是黑色的,好像很沉。

他坐在了我的对面。他没有给我倒水,两个人就那样干巴巴地坐着。他盯着我问:"你是怎么找到我的?"

我说:"打听的。"

他继续盯着我的眼睛:"你为什么要找我呢?"

我知道,他一直在试探我。我有点紧张。

只有我和他。

假如我挑破那个秘密,我能活着走出这间房子吗?

我装作没事一样说:"我曾经接到过你寄的照片,因为你跟我长得特别像,所以印象十分深刻。现在我到北京工作了,偶尔想起你,就找来了。"

他意味深长地笑了笑,说:"你找我费了很大劲儿吧?"

我说:"就是。"

他说："真是怪了，我根本没寄过什么照片。"

我说："那可能是我搞错了。"

接下来就没什么话说了，很静。

为了掩饰尴尬，我假装左顾右盼地打量他住的这个房间。

我说："这房子采光不好吧？"

他也四下看了看，说："无所谓，说不定哪一天我就搬走了。"

我忽然想到，他随时都可能在我的视野里消失，如果我现在不问清楚，也许就再没有机会了，而那个冒充我的事件也就成了一个永远的谜。

我鼓了鼓勇气，说："曹景记，我问你一件事，你别介意啊。"

他会意地笑了笑，说："我知道你有事。"

我看着他的脚尖，突然问："前一段时间你去没去过东北？"

"去过。"他紧紧盯着我的眼睛，问，"你怎么知道？"

我避开他的问话，继续问："是黑龙江吗？"

他想了想，说："是。"

我又问："你去干了什么？"

这句话中加个"了"，味道就变了。气氛一下紧张起来。

他摸了摸鼻子，说："我去抓一个骗子。"

我皱了皱眉："你去抓骗子？"

他说："是的。"

这时候，他又摸了摸鼻子："那时候我刚刚调到公安局，正巧接到一个诈骗案，犯罪嫌疑人跑到黑龙江去了。我去了后，却扑了个空……"

然后他又盯住我的眼睛："你怎么知道我去了黑龙江？"

我毫不信任地说："我实话实说，不想绕弯子，那段时间，有一个和我长得很像的人在黑龙江冒充我，我怀疑是你。"

说完这句话，我的心剧烈地跳起来。

他并没有吃惊，只是说："是吗？那不是我，你又搞错了。"

然后他拿出了他的警官证，在昏黄的灯光下递给我："我现在是警察，不可能冒充你。"

我揶揄道："那个骗子还有我的身份证呢，所以，我看你的警官证也没什么用。不过，这个冒充我的人到那里并没有骗钱财，反而干了些好事。我之所以查这件事，是因为我觉得很怪。"

曹景记说："那个人可能精神有问题。"

我说："也许是吧。"

他又问："他去的是什么地方？"

我说："天安县。"

他说："我去的地方是方圆县。"

我说："这两个县挨着，太巧了。"

这时候，有人敲门。

曹景记站起来打开门，我看见来了两个穿警服的人。那一瞬间，我应该想到是曹景记犯事了，警察来抓他。可是我没有那样想。我当即认定他们是曹景记的同伙。我甚至怀疑他们是被曹景记施了法术的纸人，因为他们的脸也都很白，白得不正常。

曹景记低低地对他们说："进来吧。"

然后，他对我说："这都是我们刑警队的同事。"

他们是警察？我觉得他们穿的警服都不合体。这时候我忽然想起一个电影，两个人害死了两个警察，把他们的衣服从身上扒下来……那电影中的两个亡命徒跟这两个人还真像。

我观察着他们的脸，他们的神情都有些怪，飘飘忽忽的。

他们进了屋，都坐在了沙发上，并不说话。他们坐在我和门之间，也就是说，他们的四条腿挡着我出去的路。

曹景记把门关上了，动作就像他打开时那样轻。

我一下想到，我可能真的不会活着走出这个房间了。

曹景记指指我，对那两个人说："你们看看他。"

其中一个看了我一眼，没有一点笑意，他问曹景记："这是你哥哥吗？"

"不是。"

另一个说："那就是你弟弟。"

曹景记说："我哥和我弟长得其实并不像我。"

那两个人感叹起来："你俩真像。要是你当他，或者他当你，肯定没人能认出来。"

这句话让我哆嗦了一下。我看看曹景记，连忙说："熟人还是能区别出来的。"

曹景记突然对我说："要不，咱俩就换换？"

我一惊："换什么？"

他说："就是我当你，你当我呀。"

我挤出一点笑，带着讨好的味道："你真会开玩笑，当一个作家多辛苦啊。"

曹景记对那两个人也挤出一点笑，说："你们觉得呢？"

那两个人都挤出一点笑，说："我们觉得这个想法挺好玩。"

这时候，墙上挂的破钟敲响了，声音很刺耳："咣！咣！咣！咣！咣！咣！咣！咣！咣！咣！咣！咣！"丧钟为谁而鸣。

我鼓了鼓勇气说："曹景记，我还有事，先走了。"

他并没有像我想的那样阻止我，他说："那好吧。"

我说："有空你去我的单位玩儿。"这完全是一种客套，我没给他名片，他根本不知道我的地址和电话。

我走过那两个人的四条腿时，也跟他们打招呼："再见。"

"再见。"他们是一同说的。

曹景记说："我送你。"

我说："不用送了。"

曹景记说："不行，楼道太黑了。"

出了门，他轻轻把门关上，然后低低地说："要是发现那个人在北京出现了，你立即通知我。"

"噢。"我随口说。我看不清他的脸。

他送我到了楼梯口，有了点光。

我回头看了他一眼，那束灯光照着他很白的脸，很吓人。那一刻，我觉得他的眼神可疑到了极点。我低头匆匆走开。

出了那个旧楼，我感到无比孤独。

一个人，匆匆走过，看了我一眼。他也许是小偷，他也许在对我说：小偷向您提示，谨防警察。

我一个人坐在漆黑的剧院中，四周的座位都空着。帷幕慢慢拉开，台上也是一片漆黑，只有一束惨白的光，从舞台后直直伸出来，照在我脸上。我看不清四周。一个恐怖故事就要开演了……

三、见鬼了

从死亡的方向看，总会看到
一生不应该见到的人
————多多

这天下雨了，外面雷声阵阵。

我躺在床上，走在去往梦乡的半路上。亮起一道闪电，雪白的墙壁上，出现一个人在电脑前打字的侧影。闪电一灭，那侧影就被黑暗吞没了。

我打了个冷战，坐起来。

是梦。幸好还有这样一个借口。

一个人经常到编辑部投稿，时间一长跟我就熟了。他是一所大学的学生会主席，他几次邀请我去他们学校搞一次讲演，主题是"恐怖文化"。

他叫许康，他的脸也很白。

我太忙，一直没有去。

这一天，许康又来了。

大热天，他挤公共汽车，满脸是汗。

我说："我去，就这几天，时间你安排吧。"

他极其高兴，说："周老师，谢谢您！"

两天后，我真去了。我穿一件挺做作的黑风衣。

路上塞车，很严重。好像有一辆汽车撞到了高速路的护栏上，有伤亡。因此，我到那所大学时，已经很晚了。

梯形教室。

我进去的时候，学生们都等在那里了。有几百人。

我快步走上讲台。许康介绍我，说我是作家，那些可爱的学生就用力鼓掌。

我谈笑风声。

我说："恐惧在人类精神世界里占据很大空间。人生来就有恐惧。婴孩脱离漆黑、温暖、宁静的子宫，对光明充满本能的恐惧；临死的时候，对黑暗、消亡、未知充满无望的恐惧。恐惧潜伏在人类的心理经验中，滋生于人类的想象中。"

我说："人类的安详永远低于人类科技水平的最上限。和浩渺的宇宙比起来，科学太渺小了，像飘浮的一粒尘埃。因此，人类的恐惧无边无际。"

我说："人类的恐惧和人类的想象成正比，恐惧感越强烈想象力越发达。"

我说："东西方的恐怖文化不太一样。西方更倾向于外星人、机器人、刑事犯，那是某种物质的恐怖。在东方，在中国，更倾向于鬼魅——鬼魅包括莫名其妙的事情、不可解释的现象、隐隐约约的神秘的不可抗力等。那是某种精神的恐怖。就像中西医的区别。前一种恐怖不绝望，似乎总可以抵挡，用智慧，用技术；后一种恐怖常常不可救药，从内部摧毁你。"

我说："我写恐怖故事的理念是——展示恐怖，分解恐怖，战胜恐怖。"

这时，靠近门口有个穿中山装的男学生拿过麦克风问："周老师，现在有一个周德东就在门外，他说路上塞车，他刚刚赶到，这就是东方式的恐怖吧？"

我说："差不多。不过，假如真的遇到这样的事也不要怕，只要追查，一定有一个周德东是假的。"

那个学生惊惶地说："周老师，我不是打比方，真有一个周德东在门口，他和您长得一模一样。"

我想到以前发生在天安县的那件怪事，我的心一抖。难道是那个一直飘在阴暗之处的另一个神秘的我又出现了？

整个教室里的人都很吃惊，大家交头接耳，很多学生站起来朝后看。

坐在第一排主持这次演讲的许康也摸不着头脑了，他站起来走过去，想看看到底是怎么回事。

过了好半天他才回来。

他站在我旁边小声说："确实来了一个周德东，这到底是怎么回事？"

我问："他人呢？"

许康说："已经走了！他听说您在这儿，很生气，说您是假的，他质问我为什么不把事情搞清楚，然后就气咻咻地走了。"

我问："他长得什么样？"

许康上下看了看我的脸，说："他跟您长得特别像，也穿着黑风衣，真是怪死了！只是……"

"只是什么？"

"只是他的脸比您白。"

听完这些话，我几乎忘了自己还坐在台上，我张大了嘴巴，回不过神。

教室里的人骚动了一阵，终于安静下来，静静等我说话。他们不知道到底发生了什么。

许康轻轻碰了碰我。

我端正了一下姿势，装作很平静地说："刚才是个误会，没事了。"接着我说："哪位同学还有问题？"

这时候，那个穿中山装的男学生又站起来，用麦克风问：“周老师，我一直以为，写恐怖故事的人应该是最勇敢的人。可刚才——请原谅我的直率——我觉得您害怕了。”

这句话很尖锐。下面有些骚动，有很多学生站起来朝后面看，想看看说话的人长得什么样，还有一些学生在观察我的反应。

我尴尬地咳嗽了一下。

我说：“没那么严重。不过，我确实有点紧张，因为，我担心我是假的。”

那天我草草收场了。

回家的路上，我看着车窗外的都市灯火，一路都在想，想那个脸上没血色的周德东。

四、他是画的一个我？

你看见很多张你的脸
有黑白的素描
有彩色的油画
可是，你怎么也找不到
那个画家的脸

——无名氏

有个女孩叫毛婧，她19岁，家住山东长岛。

那个县在大海中的一个小岛上，很闭塞。那里的人要走出来，得坐大船。

毛婧有一个表叔在北京，但是两家很多年都没有来往。毛婧想投奔这个表叔，在北京找个打工的地方。

毛婧是第一次出远门，她在济南换车时，挎包不小心被偷走了，她一下就变得身无分文，连身份证都丢了。

她坐在火车站广场上，举目无亲，回不去长岛，去不了北京，就哭起来。

她哭了很长时间，没想出任何办法。

天黑了，她的肚子饿得"咕咕"叫。

这时走过来一个老头，他好奇地打量毛婧。毛婧脸上的泪痕未干。

毛婧见那个老头像父亲一样和善，就支支吾吾地开了口："大伯……"

那个人停下，听她说话。

"大伯，我的钱丢了，您能不能给我买个面包？"

那老头立即冷了脸，说："我凭什么给你买面包！"然后，他转身就走了。走出一段路，还回头怀疑地看了看毛婧。

毛婧脸红到脖子根，好像所有的人都在看她，她真想找个地缝钻进去。

受了这次打击，她再也没有勇气张口讨要了。

她觉得特别累。她想，在想到办法之前，一定要减少消耗能量。

于是，她走进候车室，打算找个地方睡一觉。

候车室里很嘈杂，很拥挤，没有空位。她只好找个人少一点的地方，枕着她装着衣物的包袱，侧身躺在地上。

她的眼前到处都是行走的脚，乱哄哄的。她的耳朵里充满火车站特有的那种让人疲倦的嘈杂声音。

她的心里涌上无家可归的悲凉。她闭上眼睛，两滴委屈的泪又渗了出来。

这时她闻到一股香味，睁开眼睛，她看见了离她的脸很近的地上滚过来半个面包。

半个面包！

是一个孩子掉的。那孩子大约一两岁，没拿住，掉下来。他妈说："脏了，别捡了，吃鸡蛋。"

毛婧悄悄伸过手去，刚刚把那半个面包拿到手，就被另一只手夺去了。毛婧抬头看，是一个男孩，大约十四五岁，是个脏兮兮的乞丐。

他恶狠狠地瞪了毛婧一眼："这是我的！"

毛婧愣愣地看着他，不敢跟他争，看着他把那个面包拿走了。

她又一次强烈地感到了饥饿。

这时，她听见身后传来一个梦一样的声音："姑娘，你饿了？"

她回过头，看见一个脸很白的男人正蹲在她的身边，平和地看着她。

毛婧戒备地坐起来，没有说话。

那个脸上没有血色的人笑了笑，说："你别怕，我是个作家。"

接着，他拿出编辑部的工作证给她看了看，说："我是写恐怖故事的，我姓周。"

听说是作家，毛婧好像有点放下心了，她从小就想当作家。只是她对这个作家的脸色有点恐惧。

她说："我的钱被偷了。"

那个人问："你要去哪里？"

毛婧说："我去北京，找我表叔，他在公交公司工作。"

那个人说："我正好回北京。你跟我一起走吧，我给你买票。"

毛婧想起在杂志上看到的人贩子、变态狂，有点怕。可是，他是她遇到的惟一的好人，他是她惟一的机会，要不然她就会流落街头，结果可能更惨。

她想了想，说："那谢谢你了。以后我有了钱，一定还你。"

那个人淡淡地说："没关系。"

这时有两个本地人走过来。

他们拎着一些水果，塞给那个脸很白的人，然后三个人就说起话来。看样子他们是来送他的。毛婧细心聆听他们的谈话。

"周德东，你回去就把稿子寄过来。"

"好的。"

"如果有什么变化，提前打个电话。"

"没问题！"……

毛婧就跟这个脸很白的人走了。

他买的是两张卧铺。

上车后，他领毛婧到餐车上吃饭。毛婧顾不上斯文，狼吞虎咽。吃着吃着，她发现那个作家没有吃，他坐在对面，静静地看着她。

在灯光下，毛婧感到他的脸更白了，好像血已经被人吸干。

"你怎么不吃？"

他说："我不饿。"

"可是你晚上还没有吃饭呢！"

"我一天吃一顿就够了。"

毛婧吃完饭，他们回到铺位，聊了一阵儿。那个作家问了一些她家的情况，以及她到北京的打算。他简单对她讲了讲在北京求职应该知道的一些基本常识。

然后他们就躺下了。

他睡上铺，毛婧睡下铺。

半夜时，毛婧醒了，她去解手，回来时，她无意朝上铺看了一眼，看见黑暗中有一双眼睛正看着她。

她蓦地感到害怕了。

躺在铺位上，她一直在宽慰自己——也许这个好心的作家失眠了，一直在构思他的恐怖故事……

到了北京，那个作家先把毛婧领到了他的住处。那地方好像离市区很远，一个挺孤单的院落，院墙外的草很高，也没有人割。

进了门，他说："昨晚你在火车上肯定没睡好，你先躺床上好好睡一觉吧。我打电话帮你找你表叔。"

"不，我不累。"

"去，睡一会儿。"

他为她打开卧室的门。

盛情难却，毛婧走进他的卧室，躺在床上，闭上了眼睛。

那个人在外面把门关上了。

她隐隐约约听见他在打电话。她觉得他就像她的爸爸，心里涌上一股暖流。

她没有担心这个男人会把她怎么样，她感觉他不是那种人。她更没有想这个人会不会害死她。她甚至想，假如他这时候走进来要和她干那种事，她也许不会反抗。

然而，那个人没有进来。

她迷迷糊糊地睡着了。

她做了一个奇怪的梦，梦见这个作家躺在一堆汉字中。那堆汉字是白色的，密密麻麻，十分干燥。

她俯下身，突然发现那些文字都是一种怪怪的苍白的虫子！

它们慢慢把他覆盖了！它们太小了，毛婧看不见它们的嘴，她只看见有一丝一丝的红色向它们的身体里渗透，那红色一点点扩散，越来越鲜亮。

它们在吸他的血！

他一动不动，好像冬眠了似的。整个过程又好像是他的一种必需的宣泄，而那些苍白的虫子就是他宣泄的手段。

过了好久，那些虫子渐渐变得通红，红得晶莹，红得饱满，红得透亮。它们慢慢地四散开来。

他的脸一点点露出来。

毛婧看见他的脸更白了，像个死人。但是，他的眼睛还在缓缓转动。他轻轻地对她说："你怕吗？"

她转身就跑。

遗憾的是，她没有跑掉，她还躺在床上。醒了后，她看见那张没有血色的脸正在她眼前定定地看着她。

她吓得差点叫出来。

那个人轻轻地说："你表叔已经找到了。起来吧，我送你去见他。"

毛婧爬起来，拿起包，跟他走了。外面的太阳很好，但是她好半天都没有从那个梦中回过神来。

他和毛婧打了个出租车，走了很长时间，才进入繁华的市区。又走了好长时间，才拐来拐去地来到一个大院前。

他对她说："你表叔就在这个单位，你去吧。"

他一边说一边从口袋里又掏出一叠钱，塞给毛婧。毛婧说什么都不要。

他耐心地说："你找的这个人不过是你的表叔而已，而且很多年都不来往了，其实挺疏远的。你是一个女孩，口袋里一分钱都没有，到了他家里一定很难堪。拿着！"

毛婧低着头把钱接过来。她觉得他真是善解人意，眼睛不由湿了，说："谢谢你，周哥。以后，只要我在北京留下来，一定会报答你的。"

他说："如果以后遇到了什么难处，你再来找我。"

毛婧说："一定的。"

她下车后，又透过车窗对他说："周哥，你以后千万要注意身体，你的脸色不好……"

他笑了笑，说："没事，我天生就这样。好了，再见。"

"再见！"毛婧依依不舍地走了。

不久，毛婧找到了工作——在一家宾馆当服务员。

一个月后，她找到那个好心人工作的编辑部，看望他。

当时我正在西安出差。我的助手给我打电话，对我说了这件事。我的心思顿时就乱了。我对助手说："你让她明天再来。"

当天我就飞回了北京。舷窗外的云朵刺人的眼，像白色的海洋，无边无际，十分诡异。悬空的我心里越来越不踏实，恐惧感越来越浓烈……

第二天，毛婧果然来了。她见了我，高兴地说："周哥！"

我很吃惊，对她说："你见过我？"

她说："周哥，你怎么了？不认识我了？"

我说："我没见过你。"

毛婧着急地说："我是毛婧，在济南火车站，你为我买的票，你忘了？"

我想她肯定是遇到了那个神秘的人，就说："你好好看看，是我吗？"

她说："是你呀……"

我说："你再看看，到底是不是我！"

她认认真真地看了我一会儿，还是说："没错呀！"

她越肯定，我心里越感到害怕。

我提示她，注意我的五官、眼睛、身材、声音、表情习惯……

她反反复复打量我，同时追忆脑海中的那个人。最后，她似乎有点犹豫："好像是你……只是那天你的脸色不如今天好。"

我步步紧逼："你肯定一下，到底是不是？"

她想了半天，终于说了一句让我至今想起来都发冷的话："好像又画了一个你似的。"

五、失散的亲兄弟

你的足迹
其实就是一幅地图
那是一幅错误百出的地图
————无名氏

我决定：带毛婧去见曹景记。

这样，很轻易就可以证实以前发生的一切到底是不是这个警察所为。

我领着毛婧，走近曹景记居住的地方，心"怦怦怦"乱跳起来。

还是那座很旧的楼，在一群新楼中间像一个乞丐。

还是那条黑糊糊的楼道，没有一个人影。

我们来到曹景记的门口，我倒吸一口长气，敲响了他的门。本来我告诉自己轻一点，可那声音在空荡荡的楼道里还是显得很响。

那扇门"吱呀"一声开了。

不是曹景记，是一个满脸皱纹的老太太。她的牙都掉光了。

我问："曹景记在吗？"

她仔细看了看我，说："他搬走了。"

我的心更加烟雾蒙蒙，为什么这么巧？

我又问："他搬到哪里你知道吗？"

老太太冷冷地说："不知道。"然后她就不客气地关上了门……

第二天，我给曹景记的单位打电话。一个人告诉我："他休假了。"

我问他什么时候上班，那个人说："不知道。"

他在躲我。

大约过了半个月，我又给曹景记的单位打电话。他上班了！

他接了我的电话。

我紧张地说："曹景记，我想跟你谈件事。你搬到了啥地方，能不能告诉我？"

他竟然极其爽快地说出了一个地址。

然后，我跟他约时间。他说下班后吧。在北京这座大得没边又处处塞车的城市，下班之后就意味着离黑天不远了。

那天，我又一次约来毛婧，在黄昏时来到了曹景记新搬的住处。

又是一座很旧的楼，楼道里依然很暗。毛婧紧紧跟着我。

我一步步走近他的房门，心里更加紧张。我真怕他开了门之后毛婧脱口喊出："就是他！"……

来到那扇门前，我看见门板上有一张纸条：

周先生，实在对不起，刚刚接到刑警队通知，突发一个案子，我今夜出发去南方执行任务了。待我回来之后再约吧。

我对着那张纸条怔忡好长时间。

一周后，我领毛婧再次去他家，那张纸条还在门板上贴着。

一周后，我和毛婧又去了一趟，他还是没回来。

一周后，我继续去找，他仍然不在。

他消失了。

我甚至怀疑他留给我的那个电话根本不是刑警队的电话。

可是，我没有放弃，我一次次带毛婧在黄昏的时候去找他。后来，我发觉我的行为好像已经是一种惯性了。因此，当他突然打开门出现在我面前的时候，我还被吓了一跳。

这次不是黄昏，是半夜的时候，我突然改变了探视的时间。

他正巧急匆匆地走出来，让我们撞上了。他背着包，好像要出去。

这个像影子一样飘忽的人终于被我们锁定了。

楼道里很黑。

从打开的门板看进去，他新搬的这个家里还是很简陋，房顶的灯泡黄黄的，一点都不亮。屋角还是有一堆乱七八糟的书。

他站在门口愣愣地看我。逆光。

我竟然一时间不知道该说什么。

毛婧看我。

我干咳了一下，说："实在抱歉，我找你还是想对证一下那件事。"

他看了毛婧一眼，然后对我说："你们进来吧。"

我没有动，只是对毛婧说："你看看，是他吗？"

他好像不明白怎么回事，直盯盯地看毛婧。

毛婧直直地看他。

楼道里太静了。

那一刻我甚至想，假如毛婧说出一个"是"字，他会不会突然掏出他的枪来。如果他有的话。

毛婧迟疑了一下，说："不是。"

我不太甘心地对她说："你好好看看！"

她又认真地看了看他，最后还是摇头。

我彻底泄气了。

他问我："那个人又出现了？"

我无精打采地垂下头，说："是的。"

他又说："进来说吧。"

我说："不了，我还得把她送回去。"

他似乎很同情地叹了口气。可我仍然觉得他不怀好意。

我对他说："对不起，我误会你了。"

他说："没什么。"

我说："我们走了。"

他想了想，说："好吧。"

走出几步，我回过头，有点犹豫地问他："有一件事我不明白。"

"你说。"

"那天，我问你去没去过东北，去干了什么，你为什么显得有点紧张？"

他说："你知道我要抓的那个诈骗犯是谁吗——他是我爸。你肯定不信。"

从这天起，我感到更加危险了。

如果曹景记就是那个人，那至少我在明处还见过他。看见了的东西就不会感到那么恐怖。可是，目前的种种迹象表明，曹景记很可能不是他！

那个神秘的人一下变得更加遥远，更加诡秘，更加叵测。

我一下就没线索了。

我一下就没主张了。

那个脸上没有血色的人，另一个我，他在没有我的地方，认认真真地扮演着我。见过他的人越来越多，他越来越清晰。他只回避我一个人。

因为我是他。

我感觉，他好像一直都在暗处看着我。我随时随地在什么地方，干什么，他都一清二楚。只是他忌讳和我真实地面对面。

我的精神世界被阴霾笼罩了。

我觉得他的全部阴谋就是让我永远弄不清真相。最大的恐怖就是永远没有谜底。

前面我说过，其实我的胆子并不大。我最怕有一个人一直看着我，我不清楚他的目的，我看不透他的表情……

生活中，恐怖不可能都是故事。

这天半夜，又打雷闪电下雨了。

我没有睡，我还在苦苦追想——这个人到底是谁？

我甚至觉得他真的就是另一个我。一个我在明处，一个我在暗处，他和我是两个相反的东西。

他活在我的背面。

我和他永远不能见面。

假如见了，就像两块带着异性电的云撞在一起，就会电闪雷鸣，就会天崩地裂。若真是这样，我又担心哪天他不小心突然撞在我怀里……

一道闪电，我警觉地看了看那面雪白的墙壁，一个人打字的侧影又出现了。我猛地睁大眼睛，幻影消失，黑暗无边。

这是怎么了？

那一夜，我一直没有睡，我一直在胆战心惊地想这样一个问题：黑色的墙壁能不能写上影子？墙壁为什么一定是白的？

早上，太阳光芒万丈，昨夜的雨像梦一样过去了。我双眼猩红，不想起床。太太见我沉默寡言，就问我："你最近怎么了？"

我说："没什么，就是心情不太好。"

太太关切地说："你最近身体可能有问题，脸很白，得到医院检查一下。"

她说"脸很白"的时候，我惊了一下。

我现在怕听见这句话。

有一天，他会不会一点点演变成我？

有一天，我会不会一点点演变成他？

这天夜里，墙上的钟敲十二下的时候，我猛然想起了一个人……

前些日子，我妈突然打个电话来，告诉我，我还有一个双胞胎哥哥，但从小就给人了。我妈说："你走南闯北，能耐大，能不能去找找他？"

我小的时候总生病，大人对体弱的孩子更疼爱，因此大人从小就偏向我。

一个留山羊胡的算卦先生路过，到我家讨水，我妈请他给我算一卦。

算卦先生用他那双似乎透视幽明的浑浊小眼，在我和那个孩子的脸上扫来扫去，接着，又闭目用细长的手指掐算半天，好像看见了什么，大惊小怪地说，我之所以生病，是因为另一个孩子克我。

他阴虚虚地对我妈说："这两个孩子前世是冤家，他们是同归于尽的，他们死后冤魂还整日纠缠在一起，互不相让。后来，他们又一同投胎……"

他又说："那个比这个凶，因此他就克他。他们出生时，这个都争不过那个——那个先出生，对不对？"

他这点说得准。

我妈只是把我俩的生辰八字告诉了他，并没有告诉他谁是哥哥谁是弟弟。因此，我妈很信服，问他有没有什么办法解除。

算卦先生说："只有让他们分开，永不相见。"

一个偶然路过的人随便胡诌的一句话，竟然彻底改变了一个孩子的一生。后来，父母商量了好多天，终于忍痛割爱，把另一个孩子送人了，送给了一个收葵花子的客商。

那时候，乡下人生个孩子像下个蛋一样。那时候的孩子可不像现在这样金贵。

可怜我那个双胞胎哥哥，他仅差一天就没有在家里过上自己人生的第一个生日……

我为自己抓到了名字，他就丧失了这个权利，随我叫周德西。

之后，我家又搬了多次家，互相都找不到了。

在这个沉寂的夜里，我忽然想起这个周德西，忽然想起这个前世的冤家，恐惧感又一次充斥我的心头。

我终于排除了一些错误的判断，注意力集中到了周德西身上。

是他!

他还在克我!

可是他在哪儿? 他沦落到了什么地方?

老实讲，这个周德西比曹景记更让我感到恐怖。

因为那个前世的传说。

因为他从小就下落不明。

因为人世茫茫，我根本不可能知道他在什么方位。

因为他和我身体里那种神秘的血脉联系。

我打开夜灯，颤颤地给母亲拨电话。

母亲睡了，我把她惊醒了。她说："深更半夜，你有啥急事呀?"

我说："妈，我还想听听那个周德西的事。"

母亲似乎抖了一下："你怎么突然说起他?"

"你别管了。我遇到了一件重要的事，必须要找到他。"

"后来我想了，其实你不可能找到他，算了。"

"那个收葵花子的客商是哪里人?"

"关里人。"

"你再想想，是哪个省?"

母亲是乡下女人，根本不知道一共有多少省。她想了半天，说："好像是一个叫尤溪镇的地方。"

"哪几个字？"

"不知道。"

这一夜，我从母亲那里只得到了一个有用的信息：尤溪镇。

从此，我开始查找这个地方。终于，我在一张地图上看见浙江省临海市有一个尤溪镇。

那个客商是这个镇的人吗？他东南西北到处漂泊做生意，最后有没有回到这个地方？三十多年了，连太阳都变了颜色，他一直没有搬迁吗？他有没有把周德西再送人？周德西还活着吗？

为了删除生命里的阴影，我找去了。

我千里迢迢终于来到尤溪镇。

我在那个镇上住了一个多星期，走访了无数的人，没有一个人知道几十年前谁到东北去收过葵花子，更没有人知道有一个从东北带回来的孩子叫周德西。

我绝望了，我想返回了。

这天，我偶尔听旅馆门口一个卖水果的女人说，她原来是尤溪镇下面一个村的农民，她家那里有个人好像是从小被人从东北抱回来的。但是他不叫周德西，他叫张天戌。而且他三年前就已经搬到另外一个村去了。

我抓住这个线索，立即问清了张天戌现在住的那个村的位置。

我又追到了那个村。

一打听，这里果然有个张天戌。他住在村头第二家。

我走向张天戌住的那间红砖碧瓦的房舍时，忽然好像有什么感应，我觉得他就是周德西。当时，我的心像一团麻，用一句老话说就是：剪不断，理还乱。

据说这是一个克我的人。

这是和我在同一时间、同一地点出生的人。

这是我三十多年没有见过面的一个至亲的人。

这是一个一直在暗处扮演我的人……

我找到了他。

他正是周德西，一个地道的农民，一个地道的浙江农民。

他好像很木讷，不爱说话。虽然礼节都做到了，但是他内心对我毫无亲近之意。

他已经改了名字，随那个客商姓了。他似乎与东北那个姓周的人家已经没有任何关系。

他成了家。

他操一口我听不懂的当地方言。他娶了一个很丑的老婆，同样操一口当地方言。他们生了几个更丑的孩子，都是操一口当地方言。

我觉得我跟他已经有一种无法逾越的隔阂。

而且，周德西似乎不是那个扮演我的人。虽然他和我是双胞胎，但是他跟我并不是十分像，还不如曹景记像我。他的脸也不白。

我没告诉他我来干什么，也没跟他提起那个冒充我的人。我只说母亲让我来看看他。

我给他留下一些钱，当天就走了。

他并没有怎么挽留我，不过他一直把我送到了村口的公路上。当时是午后，四周是连绵的山，开满了白色的茶花。

分手的时候，他突然说："我知道你来干什么。"

我一惊，愣愣地看他。

他说："不过我告诉你，我一岁来到这里，直到现在，从没有走出过尤溪镇。"

说完他转头就走了，我像木头一样傻傻地站在那里，半天没回过神儿。

返京的路上，我一直在想周德西最后那两句话。我觉得他那木讷和寡言是一种更阴险的假象。

在火车上，我做了一个梦，梦见我和张天戌呆在一间黑房子里，那房子狭小得就像母亲的子宫。他突然把脸皮撕掉了，原来他的长相是面具。他阴冷地看着我，操一口东北话说："这辈子我还要跟你同归于尽！"……

六、好人好事

我伸手抚摸镜子里的我
镜子里的我却伸出腿
狠狠踢了我一脚
我退货
店老板说
我的镜子完整无缺呀

——汤迥

报纸上刊登了一则新闻，标题是：恐怖小说作家智斗恐怖分子。

文章写的是这样一个故事：

恐怖小说家周德东，近日到某市采风。这天晚上，他跟几个当地的作家去酒吧，喝了很多酒，凌晨两点多才回宾馆。那酒吧就在他住的宾馆附近，他步行朝回走。在没有行人的马路上，他突然看见路边店铺的阴影里有一个人鬼鬼祟祟地捣鼓着什么。出于职业敏感，他立即走了过去。那个人迅速离开了。他发现，那个人刚才站过的地方是一家面包店，店门已经被铁器撬坏。他陡然想起刚刚看到的一个通缉令，通缉一个在火车站引爆炸药导致三死六伤的在逃犯。偷面包的会是什么人？他判断，一是乞丐，二是在逃犯。而乞丐挖门撬锁的可能性不大。他警觉起来，立即追上去。那个人发现有人跟踪他，越走越快，最后奔跑起来。恐怖小说作家撒腿就追，终于在一百米远的地方把他擒住了。那家伙和通缉令上的人很像！两个人厮打起来。虽然那个人体重有九十公斤，但是恐怖小说作家服役时练就了一身好功夫，三下五除二就把那家伙制服了。警方赶到后，把那家伙带回去讯问——他正是通缉令上的犯罪嫌疑人。他如同丧家之犬，藏在下水道里，半夜出来找吃的……

　　——看了这篇报道后，我觉得很像一个拙劣的电影：一个长得很像英雄的英雄，稀里哗啦就把一个长得很像坏蛋的坏蛋制服了……

　　马上又有一个记者找到我工作的编辑部，采访当时的情况。

　　我很尴尬，那不是我干的啊。别说九十公斤，就是六十公斤我能不能抓住还说不准。

　　我很想澄清这件事，但是，我知道跟谁都解释不清楚。

　　只要我一说那个人不是我，那是另一个冒充我的人，但是他跟我长得一模一样，根本分不清谁是谁，这肯定就成了爆炸性新闻——我和他就成了真假美猴王了——红着眼找新闻的大小媒体立即就会把我围得水泄不通，弄不好《泰晤士报》都会来人。

　　那可是一个大麻烦。

　　也许牵动的不仅仅是媒体，弄不好还要惊动公安局，甚至中国科学院……

　　别说那么多媒体，就是面对一家，我也解释不清楚。那么，这件事情就会没完没了地纠缠下去，我别想写恐怖故事啦。

　　干脆，我顺水推舟，一切问题都没有了。

　　我不否认，我含糊其辞。我想，反正是给大家树立一个榜样，但愿我的谎言能对改变这个社会的风气产生一些功效。

几天后，我又看到一则报道：

著名诗人汤迥，最近心脏病突发，心力衰竭，生命垂危。在此之前，他已经有三次心力衰竭大吐血的经历。汤迥无业，妻子也下岗了，穷困潦倒，根本无法支付那天文数字的住院医疗费。他像啼血的荆棘鸟，带病创作三千行的长诗《歌王》，想靠稿费挣脱困境，终因数月劳累心衰三度，连续咯血多日。看他的心脏照片，那扩充的心脏大得几乎要压住半个肺部。有一张文学报纸呼吁读者为诗人汤迥募捐，但是效果甚微。昨日，一个写恐怖故事的作家，为汤迥送去了8万元人民币的捐款，差不多是给汤迥送去了第二次生命。他的名字叫周德东……

我早听过汤迥的名字，我相信很多读者都听过他的名字。我没想到他混得这么惨。如果早知道，尽管我不可能一次给他那么多钱，但我总会帮助他。

很快，我又看到这样的报道：

恐怖故事作家周德东最近宣称他的书将全部使用环保纸……

见过他的人越来越多，比如媒体记者。随着他不断干好事，找我的记者也渐渐多起来，简直乱了套。而那些记者对我说的话，我根本听不懂：

周老师，上次您说把照片寄给我，怎么没收到？

周老师，上次采访您，还有个细节不清楚，就是您服役到底是几年？还有，我一直要去您那里给您拍照，您总说没时间，我们老总急了，只好不发照片先发稿子了……

周老师，照片……

很多记者打来电话都是围绕照片的事情。我忽然意识到，我在这些报纸上从来没见过他的照片！

他永远不想让我看见他？

我想起那个老套的鬼故事：一个瓦刀脸的女人抱一个婴儿到照相馆照相，要拍母子合影。那婴儿一直哭，怎么逗都逗不好。那女人狠狠训斥他……摄影师把照片洗出来之后，发现照片上只有一个孩子，根本没有那个抱他的瓦刀脸女人……

难道，这个一直出没于暗处的他只是一个幻象？

难道他根本就不存在？

难道他不敢拍照片？

之后，我不断听说我又干了什么好事。我越来越完美无缺，采访我的媒体也越来越密集——我越来越疲惫。

我想他是在害我。

我十分清楚一个道理，那是我师父告诉我的（我从来不告诉别人我师父是谁，他不让说。虽然他这个徒弟的水平中上，可他是绝顶高手）——千万不要让别人崇拜你。多一个人崇拜你，你就多一分孤独。假如全世界的人都崇拜你，那你就完蛋了，因为你成了太阳，没有人接近太阳，否则就会成为太阳的祭祀品。而偶像实际上都是假象。人与人没有大的差异，你是一个假象，你也不敢接近任何人。最后，你就成了丧家之犬，最后你就藏在了下水道里。

但是我师父也告诫我——

所有的偶像都是害人精。一群人的偶像，就是给这个人群带来灾难的人；一个国家的偶像，就是给这个国家带来灾难的人；整个人类的偶像，就是给这个地球带来灾难的人。

现在，那个神秘的人让我渐渐变成偶像。他要把我赶到下水道去。

现在，他要渐渐变成偶像，我预感，终于有一天他会给这个世界带来巨大灾祸。

现在说说细节问题。

我最想不通的是——我估计也是你们最想不通的——他的电话号码为什么是我的电话号码？来了电话是他接还是我接？

为此，我做了一个实验：我整整一个月不用我办公室的电话，不打，也不接。可是，交费的时候，我发现还是有电话费，尽管不多。

我看了看电话单，都是我下班以后到深夜之间通的话。

我的头皮一下就麻了——他就在我的身边？

七、似幻非幻

我梦见死神的列车，冒着白烟，
车上装满老人、青年、妇女和儿童，
个个容光焕发，叽叽喳喳。
一个红脸膛的老汉正向大伙讲述
他被卡车碾死的故事，
孩子们欢快地从车厢这头跑到那头。
死神剃个光头，眼露喜色，
抽着烟斗，专注驾车。
我大声问：你们这是去哪？
死人们兴高采烈地回答：
我们去乌有之乡。

——张志

有一所大学，成立一个新绿文学社，他们办了一份内部文学报，叫《新绿》，有六七个社员，他们邀请我座谈。

圆桌，大家坐一圈。外面下雨了，雷声轰隆隆滚动。

有个学生问我："在您的生活中，有没有出现过很可怕的事？我指那种玄忽忽的事情。"

我说："有。不过所有玄忽忽的事情都有谜底。"接着我又补充道："都有对付的办法。"

接着，我讲起了最近我身边发生的这些奇怪的事。我是个作家，不知不觉中已经渲染得比实际更恐怖。最后，我说："不过，我一定会查清是怎么回事的。"

说这话的时候，我微微地笑着。

一个学生问："周老师，您怎么看待超自然的东西？"

我说："有些事我们永远整不明白。比如，空中飘浮着一粒灰尘，灰尘上有无数的菌。菌永远整不明白灰尘之外还有个房屋，房屋里有人，有面包，有电脑，有字典，有爱情。菌永远整不明白房屋之外有地球，有海，有森林。菌永远整不明白地球之外是宇宙，是无边无际的太空……假设地球是飘浮在空中的一粒灰尘，人类是附在灰尘上的菌，一瞬间就是人类的亿万斯年。那么，人类永远整不明白，在人类科技永远无法达到的茫茫宇宙的终极之处，是不是有一个房子，房子里是不是有什么存在，房子之外是不是有一个承载它的更大的物体，而那物体之外是不是无穷大的空间。假设那物体就像飘浮的一粒灰尘，再之外……"

那个学生："这么说您承认它？"

我说："怀疑永远更接近真理。"

那个学生："但是在您的作品中看不到您这种态度。"

我说："我不想探究这些。我总觉得，从文学角度去探究宇宙，去探究生命科学意义上的某些超自然的东西，走远了，常常会陷入某种神秘主义里去。我坚信那句话，蚂蚁一思考，人类就憋不住笑。一只蚂蚁冥思苦想人脑和电脑是怎么回事，那是没有意义的。而另一只蚂蚁鼓舞大家如何消灭对黑暗的恐惧，如何享受阳光，如何好好度过这极其短暂的生命。这才是具有现实意义的事情。我的作品就想做那另一只蚂蚁。"

有学生问："你相信主宰一切的神秘力量吗？"

我说："西方有一本书，我觉得其中有一个故事很有意思——有一个基督教徒，他制造了一套太阳、地球和月亮的微型模具，然后他用机械动力使它们一个围着一个转。他的一个科学家朋友来了，研究其中机制。他说，没什么，不是我驱动它们，我今早上一进工作室，就发现它们自己运转起来。那朋友说，你真会开玩笑，它们是金属物，怎么会自己运转呢？基督教徒说，那么宇宙中的太阳、地球、月亮，还有更多的天体，它们更精妙，说它们自然而然，你为什么相信呢？"

一道闪电。有学生问："你相信有鬼吗？"

我说："我承认妖魔鬼怪是人类最了不起的恐怖作品，但是我不相信。我不相信迷信拟定的那种秩序，三界、阴阳、轮回、报应，等等。我不相信人类想象力之内的一切。从另一个角度说，那些想象也有浅薄的一面，比如妖魔鬼怪大都呈人形，甚至穿着跟人类大同小异的衣服，比如青面獠牙，比如血盆大口……如果真有神或者鬼存在，人类能看得见吗？如果让我们看清了扣子、发丝、纹理、表情，那肯定不是神或者鬼，那是装神弄鬼在骗钱财。"

又一道闪电。这时候，我突然住了口。

我呆住了——我看见圆桌对面坐着另一个我！

他和我穿一样的黑风衣，他也在认真地和两边的人说着什么，只是他没有声音。

他两边的人好像看不见他，都认真地注视着我。

他像是另一个世界和这个真实世界的叠影。

我短促而尖厉地叫道："鬼！！！"

学生左顾右盼。

那个我蓦然消失了。

我惊骇地看着他坐过的那个地方，说不出话来。

那是一个空椅子。

大家都不解地看着我。文学社社长胆怯地问我："怎么了？"

好半天我才缓过神，我指着对面那把惟一的空椅子

问："那里为什么有一把空椅子？"

社长说："本来我们文学社还有一个学生的，可是他突然被一个女孩约出去了。"

我沮丧地说："把它搬走。"

社长立即跑过去把那椅子搬出去了。

我的情绪坏透了，没有任何心情再谈下去。而且，我也觉得自己很丢人。我喊那声鬼的时候，声音尖极了，像个女人。

……那个文学社社长把我送上车的时候，轻声对我说："周老师，我觉得您以后不要再写这种恐怖故事了……"

"为什么？"

他犹豫了半天才说："我们读起来很过瘾，可是您总写，对您的刺激很大……"

我当然知道他是什么意思。难道真是我产生了幻觉？

就算是幻觉，那同样是可怕的。

假如，你的生命中出现了超现实的幻觉幻听，那么就意味着，你什么恐怖的东西都可能看见，什么可怕的声音都可能听见。那就意味着，什么事都可能发生，远远超出你的想象。那就意味着，一切不符合逻辑的都符合逻辑，一切没法解释的都不必解释，一切不合情理的都在情理之中，一切荒谬的都是正常的，一切罪恶都是合法的，没有任何规范、规矩、规律。你将看见很多别人看不到的古怪的东西，你将听见很多别人听不见的可怕的声音，甚至穿白大褂的医生都可能是虚拟之物，这时候你是相信自己的眼睛和耳朵，还是相信医生的嘴？

恐怖的是，几天后我又听说了那个当天缺席的学生去约会的事——

那是个男学生。

那天下午，有个女孩给他打电话，说她叫姜丽。

他说："我不认识你啊。"

姜丽说："我是北方大学的学生，我是我们大学文学社的社员，你当然不认识我。不过，我早就认识你。你们每一期《

新绿》都寄给我们的，我一直在读你的诗，很喜欢，都抄在我的笔记本上了。"

《新绿》向很多大学的文学社寄赠，其中就有北方大学。

这个学生立即高兴起来："你有什么事吗？"

"我想和你聊一聊。今天是我的生日。我早就对我们寝室的人说过，这个生日我要约一个重要的男生和我一起度过。你有空吗？"

这个学生为自己遇到了一个红颜知己兴奋不已，他说："好啊好啊。"

赴一个陌生女孩之约当然比听什么作家发言更有诱惑力。而且，他听我说话，是和他崇拜的人在一起。而他和那个女孩约会，是和崇拜他的人在一起。

那个女孩约他在一个公园见面。公园是多年以前情人约会的地方，省钱。学生没有钱。

这个学生愉快地答应了。

在我们开始座谈的时候，他就骑着自行车去了公园，找到了那个女孩说的假山。他发现那个地方处于暗处，有点阴森。

没有什么女孩的影子。

这个学生找了半天，还是没有。只有一个脸色苍白的男人坐在一块石头上，冷冷地看着他。他在阴影里。

这个学生想走过去问一问，刚才见没见这里有一个女孩。可是，他觉得那个人的神情有点可怕，就打消了这个念头。

他警惕起来。他怀疑有人跟他恶作剧。

他推着自行车要离开了。

就在这时，他听见阴影里那个脸色苍白的男人粗粗地说："你往哪走哇？我就是姜丽啊！"

这个学生惊叫一声，扔了自行车就跑……

我从不过生日，因此我经常记不起自己的生日。听了这事后，我陡然想起，那天正是我的生日。

是的，8月8日。

八、我的单人办公室里一直有两个人

世界，一半黑着，一半亮着。

——骆一禾

在很短的时间内我接待了三个陌生的来访者。

有一个男的，外省人，他到北京旅游，专门到我的办公室拜访我。

我跟他聊了一会儿就觉得不对头。他说他半年来一直在跟我通信，而我根本不知道。他寄信的地址就是我的编辑部地址，而他每次都收到我的回信！

又是他！

取信和发信都是我助手的事，我把她叫来，她一问三不知。

那个男性从包里拿出一封很旧的信对我说："您看，这是您给我写的第一封信，我一直珍藏着。"

我接过来一看，是编辑部的信封和信纸，最奇怪的是，那信上的字体确确实实是我的字体——假如他用周德东这名字给别人打欠条，那肯定得我还。

还有一个女人，也是外省人，三十多岁，是个电台主持人。

她对我说，她经常在夜里跟我通电话，一聊就是很长时间。

开始，我听她谈她的恐惧，她听我开导她的心理。时间长了，她和我就聊另外的话题，哲学、情感、政治、艺术……

她打的那个电话正是我办公桌上的电话。

还有一个来访者，她是本市人。

她进屋见了我，很随便的样子，对我说："嗨，我把那个工作辞掉了……"

我不知道她在说什么。鬼知道她辞掉了什么工作。

但是我没有惊诧，我有心理准备。现在，出现任何莫名其妙的事情我都不会感到莫名其妙了。

我一点点试探她。

原来，她早就和我在电话里相识了。几天前，我曾经约她到编辑部来，那天我和她面对面地聊了一下午。

他在我的办公室里接待来访者，他很从容，他不怕我突然回来和他不期而遇，他那惨白的脸上挂着淡淡的笑容……

我努力回想那天的情形。

那天，我的助手请假了。她的老公从国外回来了，她陪他。

然后，我努力回想那天我在哪里……

我在想我在哪里——到处都是他了，我要赶快把"我"找到。

噢，那天我到一家出版社去了。

本来，我中午就可以回来，可我在半路上看见一个蹬三轮车的老太太摔在地上。她好像犯了癫痫病。

我正好从她身边路过。我跑过去，轻轻抱起她，把她移到路边，掐她人中……这种事任何人见了都不会不管的。

她终于醒了。

她犯癫痫病的时候，自己把自己的舌头咬破了，因此，她的脸色惨白，没一点血色。我慢慢扶着她坐起来。

她木木地看着我，那眼神似乎让我陷入多年前的一个非常熟悉的梦里。

她木木地问我："你是我儿子吗？"

我想她是糊涂了。

我没有回答她，拦了一辆出租车，急忙把她送到了医院……

现在我回想那老太太的脸色，心里一抖。

我要交代一下我工作的编辑部的布局。

民居，三室一厅，编辑部一间，三个兼职编辑，每周一来上班。我的助手一间。我一间。

平时，很少有人到我办公室来。客厅是专门会客的，我从来不在我的办公室接待人。只有我的助手常进我的办公室，给我送信件和报纸。除了她，没人有我办公室的钥匙。

我的助手叫天秤，是一所大学社会科学系研究生，她兼职给我做助手。她虽然长相平平，但她是个很有志气的女孩。她生长在江西农村，家境很苦，她从小得了贫血病，但是她很勤奋，最后考上北京一所名牌大学……

她是个很宁静的女孩，话不多，工作很负责。

她老公和她的经历很接近，后来他去加拿大了，开了一个橡胶制品公司，虽然不是很红火，可是也买上了房子和轿车。他在加拿大站住了脚，天秤很快就要移民加拿大了。

天秤的电话和那三个编辑的电话串线。

我办公室的电话单独一个号码……

他越来越接近了。我似乎已经嗅到了他的鼻息。

我的空间已经渐渐成了他的空间。

他在抢夺我的社交圈。

他在抢夺我的办公室。

我在一点点替换我！

这天，我一个人在我的办公室里踱步。

编辑们没上班，我的助手也不在。编辑部很静，墙上的石英钟在慢慢走动。天阴得厉害，但是雨没有落下来。

办公室的墙壁比我家的还白。我有点冷。我忽然有了一个恐怖的猜想：我的单人办公室里，其实一直都有两个人！

那个人是隐形的！我看不见他！

我的心有些虚飘飘。

突然，我觉得我的椅子似乎有点响动。我转过头，死死地盯住它——自从我在那所大学座谈之后，我对空椅子有一种莫名的恐惧。

我真害怕它突然转动起来。

最后，我把双手支在我的办公桌上，对我的空椅子说："我知道你在这里坐着。"

我为自己的话感到毛骨悚然。

我吸口长气，又问："你是谁？你要干什么？你出来好吗？"

空椅子没有任何反应。

我说："我想，你也许是好……"我没有想好怎么表达合适——好人？显然不是。我就说："你也许是好意……但是我想看看你。"

没有人出现。

我突然听到身后有动静，好像咀嚼什么的声音。我惊恐地回过头，看见有一个陌生人站在门口，静静地看着我。

我怎么没有注意身后！

"你……"

他看出了我的惊慌，露出一丝不易察觉的笑意。他很年轻，长得和我一点都不一样。他嚼着口香糖，穿得很酷。

我问："你是谁？"

他抱歉地笑了笑："我是《文化播报》的记者。"

我有点恼怒："你怎么一点礼貌都没有！你不知道敲门吗？"

他愣愣地看着我说："我敲门了，是您叫我进来的呀！"

我说："我根本没听见有人敲门！"

他更诧异了，说："这房间里只有您一个人呀，不是您叫我进来的那是谁叫我进来的？"

第二天报道就出来了，说恐怖故事作家周德东有怪癖……

我很气愤，但是我无话可说。

其实，这个记者没有歪曲事实，也没有添枝加叶，甚至没有任何文字的渲染，百分百的实录。

九、他在我心里？

0点
的鬼
走路非常小心
它害怕摔跟头

变成

了人

——顾城

　　四点零八分，我离开北京。那个住在精神病院里的老诗人很多年前就提醒我，"这是四点零八分的北京，一声雄壮的汽笛长鸣。"

　　他离我太近了，他已经紧贴在了我的眼睛上，甚至他的身体的一部分都和我融合在一起了。我必须远离他，才有可能看清他。

　　我坐火车到了山西，到了那个产煤的脏兮兮的城市。

　　我在一家宾馆住下，给自己办公室打电话。是我的助手接的。

　　我压低声音说："请找周德东。"

　　她说："周德东不在，去山西了。您是……"

　　她可能感觉到了电话里的声音很像我。

　　我挂了电话。

　　次日是周末，编辑部没有人。他该出现了。

　　我找来一个在宾馆当服务员的女孩，请她帮忙为我找个人。我给她一些小费，然后，我对她交代了一番。

　　她拨电话，免提："嘟——嘟——嘟——"

　　拨通了！

　　电话响了很久，没有人接。

　　那女孩子用眼睛问我怎么办。我示意她继续等待。

　　电话又响了很长时间，终于被接起来！

　　那个女孩有点紧张："喂，请问，周、周德东在不在？"

　　对方的声音很低沉："我就是。你有什么事？"

　　他在！

　　我第一次听见了他的声音！

　　他在我的办公室里！

　　我一下把电话抓起来，声音颤抖地说："您好，我是山西的一个读者。我读过您写的文章，我一直想向您求教……"

我一边说一边紧急地想下面该说什么。

"你怎么了？"他关切地问。

我说："我特别恐惧黑夜，每当黑夜降临，都是我最痛苦的时候。我甚至能听见很多古怪的声音，看到很多可怕的影像。我甚至想自杀……"

他说："这位先生，你那是幻视幻听，没什么可怕的。你看我写的故事，里面的情节是不是比你经历的更可怕？其中很多是我亲身经历的事件，不过我一件件戳破了它们的谜底，其实都是很可笑的谜底。活着就是美好的。"

我说："我不是觉得活着不好，我是挺不住了。很多好朋友都劝过我，但是他们帮不了我。这几天，我想去北京散散心，不知道可不可以跟您见个面？"

他说："我正在写一部长篇恐怖小说，过一段时间好吗？"

我问："这本书叫什么名字？"

他说："叫《小人》，大约下个月出版。"

我大惊：《小人》正是我刚刚动笔写的一本书，属于商业机密，好像我没有对任何人吐露过书名，连助手都不知道，连我太太都不知道。可以说，这个书名刚刚决定，还在我心里，竟然被他说了出来！

他在我心里？

我必须让他答应和我见面，我紧急地想着计策。

他不是总以一个好人的形象出现吗？那我就攻击他的软处。

我坚持说："北京可能是我人生的最后一站了，我想我再也回不到山西来了。我已经把一切后事都处理完了。我只想见您一面。"

他突然变得很坚决："我写作期间不见任何人，实在对不起。"然后他又说："你有什么恐惧，可以晚上给我打电话。"

我说："为什么要晚上打呢？"

他说："我晚上写作，白天睡觉。习惯了。"

不管我怎么说，他死活就是不见我。

后来我再打电话，就没人接了。

离开那个城市时，我专门到《云冈纪实文学》去了一趟。都是同行，他们热情地接待了我。我问他们和那个叫爱婴的作者有没有联系。主编说："没有这个作者啊？"

我说："他在你们杂志去年第2期上发表过文章，在第65页第66页。"

当时我还感到有些奇怪，四个印张肯定是64页，怎么冒出了65页和66页？

一个编辑找来了那期杂志，确实没有这个人！

那个主编说："你看，我们的杂志是64个页码。"

十、绿帽子

他愕然站住

把自己紧紧握成伞把

而只有天空是伞

雨在伞里落

伞外无雨

——罗门

一周后，我从山西无功而返。

这些事我没有对太太说。

她是一个家庭型的女人，对我的事业不闻不问。她的职业是一家广告公司的出纳，她自己很少看小说。她和我认识很长时间，竟然不知道我的职业是写作。结婚之后，她竟然不知道我写的是恐怖故事。

她很贤惠，是逆来顺受的那种女人。平时，她很少有什么不愉快，有了不愉快也不愿意表达，过去就过去了。

我很爱她。

我和她恋爱的时候，一次，我带她到野外玩。

那片原野很辽阔，没有人迹，黄玫瑰遍地开放。

她偎在我怀里，我紧紧抱着她。

那一刻，我们忽略了生存的压力，忽略了现实生活中一切危险，忽略了前方不远的黑暗。像所有相爱的人一样，我们十分幸福，希望永远这样在一起，生生世世。

我轻轻给她唱："我停在温柔富贵乡，迷失了春天方向，我一直都在寻找你，不美丽的姑娘。想和你结成寂寞夫妻，勤劳致富好好珍惜，身体健康万事如意，彼此老死在对方怀里……"

她说："我们死了之后，还能在一起吗？"

我说："我们是一体的，我们永远都不会分开。"

她说："假如我们到了另一个世界，都变成了一缕阴魂，你还会知道我是你前世的女人，我还会知道你是我前世的男人吗？"

我说："那我可不知道了。"

她说："假如我们互相都不认识对方了，怎么办？没有你，我受不了那种孤独。"

我说："我们可以定个暗号。"

她就笑了，认真地说："这样就好了，这样我们生生世世都能成双成对了！"

我有点伤感，低声说："其实这都是美好的愿望，人都变成土了，怎么还可能成双成对！"

她没有听清我的话："你说什么？"

我静静地看了看她："我是说，抬头看见黄玫瑰，一生一世不流泪。"

她说："这是……"

我说："这是我们来生来世的暗号。能记住吗？"

她像孩子一样点点头，说："能。"

……

我没有想到，我们的爱情被突然伸进来的一只黑手给肆意践踏了。

我从山西回来，进了家门，太太正在看电视。

过去，我每次出差回来，她都会跑上来抱住我。今天，她却没有，只是问："你给我带回的那个影碟我怎么找不到了？"

我说："什么影碟？"

她说："就是昨天你让我看的那张呀！"

我的脑袋像被人打了一棒子，顿时头昏眼花。

他来了！

家是最后一块净土。

不管你在外面多累，回到家就可以全方位地放松。不管你在外面多枯燥，回到家就会感到丰富和温馨。不管你在外面多害怕，回到家就会有一种安全感……

外界坚硬而冰冷，家里温暖而柔软。

温暖而柔软的地方，也同样最娇弱，禁不起一点点伤害。

而那个恐怖的东西，像一团黑雾，像一股浊水，他一点点渗透到我家里来了！

我的心又惊恐又悲伤。

我不想让她知道真相，我不想让她害怕。

现在，我急切想知道的是，他到底对我太太做了什么。如果我太太被这个莫名其妙的东西占了便宜，我不会告诉她真相。牙齿掉了只能咽进肚子里。都是我惹的。如果不是因为我写恐怖故事，太太绝不会遇上这样的窝囊事……

为了不让她察觉，我必须和他对上号。

首先我得知道我是什么时候回来的，我还得知道我回来都和太太说了哪些话，我还得知道那个影碟是什么影碟。

我装作漫不经心的样子，仰躺在沙发上，说："这些天出差把我累坏了，现在都没有恢复过来。"

"你回来的时候，不是说这次玩得很开心吗？"

我掩饰道："开心不等于不累呀。"

我又说："回来就忙活，我都忘记我是哪天回来的了。"

"你是昨天回来的呀，这怎么能想不起来呢？"

"噢，昨天……哎，昨天我给你的那个影碟叫什么名？"

"你怎么了？你不是告诉我很多遍吗？叫什么《你遇见了你》，你还说这是一部真实的恐怖片，是你写的，被美国人买去拍成了电影。你怎么自己都忘了？"

太太一边说一边抚摸我的额头："你得注意休息了，怎么说你都不听！今天你的脸色缓过来了，昨天你刚到家，都把我吓死了！"

我的心抽搐了一下。

一个脸上没有血色的人……

我说："这次我带回了很多影碟，想不起让你看的是哪一张了。"

太太幸福地抱住了我。

她的眼神很甜蜜。我了解她，这是她的一个信号，果然她接下来就轻轻柔柔地说："你这次回来像突然变了一个人似的……"

我预感到她要说什么，心里顿时五味俱全，我挤出一丝笑容，试探她："你是说在床上？"

太太不回避，她含情脉脉地看着我，点点头："嗯。"

毫无疑问，我的老婆被他上了。

我终于尝到了戴绿帽子的滋味。

她接着说："昨夜的感觉真是无与伦比。好奇怪，你怎么突然就变了！跟你这么多年，我从来不知道男人这么美好。"

我的牙都要咬碎了。

他在床上很厉害？他是怎样让太太如此神魂颠倒的？这算不算好人好事？他奶奶的！

我的心乱极了，如同一麻袋芝麻和一麻袋谷子掺在了一起，我一颗颗地挑拣……我当即断定，我一辈子也不可能把这芝麻这谷子完全分开。

太太开始抚摸我。

我知道她要什么。

我轻轻把她推开，说："我得出去，我有点事。"

"去哪呀？"

我没有回答。

我跑出了家门。

那天我在酒馆里喝得酩酊大醉。

我走投无路了。

他方方面面都是完美的。他的完美对我是最狠毒的阴谋。他逼得我没法活下去了。

我已经看见他在暗处冷笑了。

外面下起雨来。酒馆的墙壁也是白的，一个酒鬼的影子印在上面。

十一、你遇见了你

你在桥上看风景

看风景的人在楼上看你

——卞之琳

第二天，太太上班了。

我没上班，我在找那张影碟。

我轻易就找到了它，它就在我的书架上端端正正地摆着。奇怪的是太太就是没看到。

那张影碟的封面上有一行黑体字——你遇见了你。剧照竟然是我！

我小心地把它拿起来——我看见了两个我，背对背站立，两个侧脸。两个我没什么区别，脸色都很白。

我迫不及待地把它放进机器里，播放。

第一个镜头就让我无比惊恐：

我出现了。

张弓键坐在我的面前。

他说："周老师，那次您在天安县讲完课离开后，大家都非常想念您……"

我笑着说："你搞错了吧？我一直没回过老家！"

张弓键也笑："没搞错呀？您忘了？"

我还笑："你看看，真是我？"

张弓键也笑："就是您呀！"

这时候我俩都不笑了。

奇怪的是，接着竟然又出现了多年前我在西安的镜头：

镜头先是黑暗的夜空，一点点推进一个窗口，那是编辑部，几个人在拆信，正是在挑选我那部电视剧的主角照片。那些信堆了半个房间。我那时候比现在年轻多了，我发现那时候我长得还挺英俊的。

一个女编辑大叫："你们看这个人！"

我接过来。镜头特写那张照片，是曹景记。我惊叹："真像啊。"

另一个男编辑看了后，朝我鬼鬼地笑。

我说："你笑啥呀？"

他说："周老师，您别开玩笑了。"

我："我开啥玩笑了？"

他说："这张照片是您自己寄来的，逗我们玩儿，对不对？我一眼就看出来了。"

我说："咳！真不是我。"

《卖》报社。

我在楼道里走着，东张西望。镜头跟着我，有点晃动。镜头就在我屁股后，可无知的我就是不回头。

有个人迎面走过来，跟我打招呼："曹景记，你回来了？"

我说："我不是曹景记，我找曹景记。"

大街上车水马龙。我在路旁边走边看门牌，寻找什么地方。

我出现在24小时影视制作公司。

那公司的一个人对我说："曹景记一个月前辞职了。"

一个很旧的楼。

我走在一个挺黑的楼道里。四周静极了，只有我的脚步声，"哐、哐、哐、哐……"

一扇门慢慢开了，有个人闪出来。

我愣愣看着他："你是曹景记吗？"

他愣愣看着我："你是？"

我说："我是周德东……我可以进屋跟你聊聊吗？"

我在大学的梯形教室讲演，大谈特谈恐怖。我说得眉飞色舞。

有一个穿中山装的男学生问："周老师，现在有一个周德东就在门外，他说路上塞车，他刚刚赶到。这就是东方式的恐怖吧？"

我笑着说："差不多。不过，假如真的遇到这样的事也不要怕，只要追查，一定有一个周德东是假的。在这个世界上没什么解释不了的事情。"

镜头拉近那个男学生，特写他的脸，我这时才看清他是一个红脸膛。他说："周老师，我不是打比方，真有一个周德东在门口。"

我一路奔波，来到浙江省临海市尤溪镇，逢人就问："你知道一个叫周德西的人吗？小时候被人从东北带回来的。"

我和文学社的学生座谈。

镜头里只有一把空椅子，响起我惊恐万分的画外音："鬼！"

我站在我办公桌对面，对我的空椅子说："我知道你在这里坐着。你是谁？你想怎么样？你出来好吗？"

山西那个脏兮兮的城市街景。

镜头推进一个房间，我教那个女孩子说："你拨通之后，就说找周德东……"

电话通了。

我一把把电话抓过来，声音颤抖地说："你好，我是山西的一个读者……"

我走进家门。

太太说："你给我带回的那个影碟我怎么找不到了？"

我说："什么影碟？"

她说："就是昨天你让我看的那张呀？"

我的表情呆住了。

我又说："回来就忙活，我都忘记我是哪天回来的了。"

太太说："你昨天回来的呀，这怎么能想不起来呢。"

我说："噢，昨天……哎，昨天我给你的那个影碟叫什么名字？"

太太："你怎么了？你不是告诉我很多遍吗？叫《你遇见了你》……"

这个影碟里都是纪实录像，制作很精致，剪辑很恰当，没有配乐，都是现场录音。

他是怎么录下来的？

难道，这么多年他一直都在跟随着我？

我像早上起床突然发现自己长了根尾巴一样惊恐。

我要疯了！

十二、疯魔

炮弹射进炮筒

字迹缩回笔尖

雪花飞离地面

白昼奔向太阳

河流流向源头

火车躲进隧道

废墟站立成为大厦

机器分化成为零件

孩子爬进了娘胎

街上的行人少

落叶跳上枝头

自杀的少女跃上三楼

失踪者从寻人启事上跳下

伸向他人之手缩回口袋

新娘逃离洞房

成为初恋的少女

少年愈加天真

叼起比香烟粗壮的奶瓶

——伊沙

这天，报上又登出一个报道：写恐怖故事的人疯了！

写恐怖故事的周德东最近可能遇到了什么极其恐怖的事件，只是他没有对任何人吐露。他的内心承受不住那种巨大的压力，崩溃了。昨天夜里，周德东离开办公室走在回家的路上，突然大哭大笑，见了行人就惊恐地大叫："你是周德东！"然后满街疯跑，最后他竟然脱光了衣服裸奔。路上有很多目击者驻足观看。周德东跑得很快，转眼就消失在夜幕里……

又是他？

他要把我送进精神病院！

他在暗示我终于有一天他要把我送进精神病院！

我是在上班的路上看到这张报纸的，全身的骨头一下就冷了。

老实说，我甚至都有点怀疑自己的神经了。难道昨夜我真的发疯了却不记得？

一个疯子病好的时候，能不能记得自己疯癫时的情形？估计不记得。

我努力回想，昨天夜里我下班之后干了什么。

我哪儿都没去，直接坐车回家了。在车上，我一直在构思下一部书。回到家，我煮了点面，吃完就睡了。

太太出差了。

如果我参加了什么社交活动，或者我太太在家，还有人为我作证。现在，谁能证明我昨夜没有疯癫呢？

我到了编辑部。

我知道大家会用什么眼神迎接我。果然，我的助手见了我，她愣了一下："周老师，您……来了？"

她无疑看到了那张报。

我不想解释，沮丧地走进了我的办公室。

她后来进来几次，一会儿给我送信件，一会儿给我倒杯水，一会儿问我一句什么，我知道，她一直在观察我的神态。

我感觉十分别扭，干脆离开了编辑部。

我出门的时候，回头，见她正紧紧地盯着我。

我冷冷地说："我没疯。"

第二天，太太回来了。她进了门，第一句话就问我："你到底怎么了？"

我说："我没疯。他们在胡说。"

太太打量了一下我的脸，说："德东，咱们到医院看看吧。"

我说："这是一个阴谋，我没疯！"

我坚决不会对她说出那个诡怪的东西，我不想让她来承受我都无法承受的刺激。

太太叹了口气。我知道，她根本不相信我。她出差之前，就曾经看过那篇说我有怪癖的报道，而现在，她又看到了这样的消息。

她看着我的眼睛说："德东，你是一个明白人，你要承认自己的病，你要相信医院。最近你的表现确实有点异常……"

我一下感到了无助，我抱住她，惶恐地说："你是我最亲的人了，我求求你，千万不要把我送到精神病院去！假如以后所有的人都不相信我了，你也要相信我！好吗？我没疯！"

她心疼地抱紧我，把头偎在我的怀里："德东，今后，你别再写什么恐怖小说了，好吗？我的薪水能养活这个家的……"

那天夜里，太太紧紧抱着我睡着了。

窗外细细的月亮呈猩红色。这世界一派荒唐。

嗯哪，我是疯了。

十三、天空中的影像

姐姐，今夜我在德令哈，夜色笼罩
姐姐，今夜我只有戈壁

——海子

我打算到陕北去。

那是一个神奇的地方。我想念那里的连绵不绝的黄土高坡，想念那里淳朴的穷人，想念那里的膻膻的羊肉面。

大约是1995年，我曾驱车去那里看望一个已故著名作家的母亲。她很老了，一贫如洗。那次，我给老人送去了读者的一笔捐款。那次经历我终生难忘。

现在，我想躲开北京的噩梦，躲开周围一双双怀疑的眼睛，到陕北散散心。站在陕北那片蓝蓝的天空下，似乎就回到了童年，没有恐怖阴影的五颜六色的童年。

还有一个目的是采风。我要去搜集一些乡野的鬼故事，营养我的灵感。

在长途车上，我一直在用我智商不高的大脑思考着。

我把以前那一切解释不了的现象定性为幻觉，我把那个人定性为变态。

我觉得，我必须从这件怪事里拔出来，否则，我就是中了圈套，最后真的会崩溃。我要忽视那个变态，继续我的恐怖文学事业。

长途车一直在黑夜里奔跑。黎明时分，我在三十里铺吃了一碗热辣辣的羊肉面。天蒙蒙亮的时候，我进了驼城。

这是一座老城，四周就是著名的毛乌素沙漠。

我很容易地找到了一个年逾古稀的退休老人，他叫王五，当地人称他"故事王"。

"故事王"一个人生活，我想他的老伴可能死了。见了他之后，我觉得他的眼睛好像很熟悉，但是想不起来为什么熟悉。

他的胡子很稀，脸很白。最近，我接触的很多人脸色都很白。

老人听我讲了来意，十分高兴，他端出上好的陕北米酒招待我。我和他一起盘腿坐在土炕上。

那是一孔挺宽敞的窑洞，甚至有点空旷。窗子上贴着已经褪色的剪纸，剪的是鸡鸭鹅狗，十分热闹。

"故事王"给我讲了这样一个故事：

一个旅人，他来到沙漠中的一个湖边。

湖很大，波平如镜，没有船只和水鸟，天上甚至都没有云朵。水天一色。

那旅人坐在湖边，静静欣赏这湖光水色。四周没有一个人。

他穿着一身牛仔服，背着一只军绿色挎包。

忽然，他看到湖水里好像出现了影像，开始的时候，隐隐约约看不清楚，随着那画面越来越清晰，他看出来，那是一个街景!

他吓呆了!

水在动,水里的街景也在晃动——那是一条石板街道,两旁是不知什么朝代的老宅,静悄悄没有一个人。那个场景没有阳光感,就像阴天里的一座城,或者是一幅颜色古旧的油画。

旅人处于俯瞰的角度,就好像透过飞机舷窗观望地上的一座城。开始,旅人以为它是一个静止的画面,也许是海市蜃楼。他紧紧盯着这个巨大的场景,眼睛都不敢眨。他最害怕这个场景里突然出现什么情节。

过了很久,突然有一条狗从街道上匆匆跑过去!

旅人吓傻了,他一下明白了——这个场景不仅仅是一个画面!

又过了很久,他看见一个人从老宅里走出来,他穿着不知什么朝代的衣服,颜色很灰暗,他背着一个褡裢,好像要出门。

由于旅人的角度高高在上,他看不见那个人的脸。

这个人走着走着,消失在街道尽头。

又过了很久,又一所老宅里走出一个女人,她穿得花花绿绿,脚很小,是古代那种三寸金莲,她快速地跑进了另一所老宅。

同样,旅人看不清她的脸。

又过了很久,一所老宅里走出一个梳抓髻的小孩,他拿着一个风筝一类的东西,到外面放……

始终无声,整个过程就像一场无声电影。

旅人看到了一个不知过去了多少年的人世间的场景,一个生活的片段。不知道是什么时间,不知道是什么地点,不知道是一些什么人……

那个小孩仰起头,他好像看见了旅人,突然扔了风筝,惊慌地跑回老宅去,过了一会儿,他领出一个老妇人,惊恐地朝天上指,那个老妇人一下就张大了嘴!

接着,水里的场景很快就消隐了……

海市蜃楼中古代的人和现世中的他发生了关系,他们互相看见了!

旅人吓得呆呆傻傻，一头跌进湖里，一命呜呼……

——这个故事挺吓人。

几天后，我准备去看看毛乌素沙漠，然后就返回北京。

我带足了干粮和水，一个人来到沙漠上。

我避开了尘世的一切骚扰，包括听觉上的，车声，通俗音乐声，讨价还价声；包括视觉上的，房子，烟囱，电线杆子；包括感觉上的，一双双多余的眼睛……

但是，我无法摆脱那个恐怖故事。一路上，我的大脑里一直萦绕着那个旅人的身影。

我来到了沙漠的腹地。

好了，天地之间除了我，就是莽莽黄沙了。

我闭上眼睛，阳光就铺天盖地降落下来，全方位地拥抱着我，很舒服。

过了好久，我轻轻睁开眼，大吃一惊：天空中出现了一个巨大的景象——

一个沙漠中的城堡，好像楼兰古国！那华丽的王宫，威严的官署，高大的佛塔，安乐的民居，美丽的胡杨，壮观的烽燧，清亮的古水道……都已经被沙漠吞噬，只剩一座死城。我看见干燥的黄沙、黑洞洞的窗孔、扭曲的死木……

这个古怪的场面把半个天空都占据了！

死城中竟然有一个人！

这个人飘飘忽忽，在废墟中端坐。他好像很累了。

他穿着一身牛仔服，背着一只军绿色挎包！他就是"故事王"讲的那个溺死的旅人！

他俯瞰着我，神情木然。

我看见他的脸很白，陡然想起了我在大学座谈时看见的那个幻象。就是他！他就是另一个我！

我和这个天空中的人对视。

我和这个海市蜃楼里的人对视。

我和我对视。

我不知道接下来要发生什么。

他仅仅是在天空上看着我，并没有什么举动。

不知过了多长时间，天空中那个巨大的场景渐渐消隐了……

我爬起来就跑。

我扔了照相机，扔了水壶，扔了背包……

我接近驼城的时候，气喘吁吁地抬头看了一眼，天蓝得很圆满。

十四、恐怖之约

妈妈，你还记得那顶草帽吗？

——电影《人证》插曲

我坚信这一切都是那个诡异的周德东在捣鬼。

尽管我不知道他是什么。

他破坏了我内部所有的东西，信仰、理想、人生观、宇宙观……我的世界突然没有了上下，没有了方向，一切都坍塌了。

我愤怒了。

我发疯地要找到他。

我要弄清谜底，不管这谜底是消灭我，还是消灭他。

到了周末，我在外面用手机不停地给我的办公室打电话，可是，一直没有人接听。

大约半个月之后，在一个深夜里，电话终于被接了起来！

我又跟这个周德东通上话了！

由于恐惧和愤怒，我的声音在颤抖。我开门见山地说："我就是周德东。你是谁？"

他听了我的话，显得很生气，大声喝道："你这个骗子，还敢自投罗网！这段时间，你四处冒充我，都把我害苦了！我正四处找你呢！"

我说："我就是周德东。你到底是谁？你想干什么？"

他愤怒地说道："你根本不是周德东，你是杀人犯！"

我想了想，这样争执下去根本没有结果，就说："你敢和我见面吗？"

他说："当然敢，只要你不怕！"

我说："我知道你的外表和我一模一样，我知道你了解我的一切，想澄清谁真谁假还真是一件麻烦事。这样吧，咱们回老家吧，一同见我妈，让她确认。"

他说："好主意，我愿意！"

我说："我们定个日子吧，8月8号，是我的生日。"

他马上说："那是我的生日！"

我说："这样抬杠就没意思了。你说这个日子行不行？"

他想了想，说："那时候我的《小人》已经完稿了，可以。"

我说："君子一言。"

他说："驷马难追。"

我就放下了电话。

我离开北京之前，没打算活着回来。

我把一些后事都跟太太交代清楚了：三张存折的密码，出版社未到期的合同，还有应该发给编辑们的工资数额。我为她写了一个全权代理授权书。

太太很担心："你这次出差到底去干什么？是不是很危险？"

我说："没什么大事。我这次出去的时间会很长，可能一年都回不来，所以才交代给你。"

她的眼睛湿了："德东，你走之前，应该跟我先到医院看一看……"

我说："你放心吧，我没病，是一个精神病在害我。"

女人总是敏感的，她还是不放心："到底是怎么回事，你不能跟我说一说吗？"

我久久地看着她的眼睛，终于说："我回来再告诉你。"

其实，我的心里无比悲伤，我一直在想，我还能不能再见到这个跟我过了三年的无辜女人。

我提前一天就回到了黑龙江。

去绝伦帝小镇，要在天安县转车。我抽空到天安县文化馆去了一趟。

文化馆不景气，没有人上班，办公室里只有一个长发女子在整理资料。

我敲了敲门，探头问："张弓键副馆长在吗？"

她愣愣地看了看我，说："您是……周德东吧？"

我说："是啊。"

这时候，我感觉这个人很面熟，肯定在哪里见过。

她松了口气，说："我还以为您是那个来讲过课的假周德东呢！真是太像了。"接着，她想起了什么，说："哪个张弓键？我们文化馆没有这个人啊。"

没有这个人？

难道最早是这个家伙恶作剧？难道那个所谓和我很像的人根本不存在？后来呢？后来无数的人都在恶作剧？——毛婧，穿中山装的学生，学生会主席许康，所有声称和他通过电话、通过信、见过面的读者，所有声称采访过他的记者，那个声称见了一个男姜丽的大学生，还有我太太……

可是，我跟那个人通过电话！我在天空上见过他的影像！难道，我的耳朵和眼睛也在欺骗自己？

不可能！

那么，这一切的幕后是谁在操纵？

我正疑惑着，长发女子说："您忘了我吗？我是花泓啊。"

我忽然想起来，她是花泓，张弓键的太太，在县政府工作，他们旅行结婚到北京，我还请他们吃过饭。我笑着说："噢，我想起来了！时间太长了，对不起……"

可是，她怎么能说没有张弓键这个人呢？

我小心地问："你现在到这里工作了？"

她说："对呀。我不是一直在这里工作吗？你是知道的呀。"

我知道？

我又试探地说："前一段时间，张弓键去北京，我请他吃过饭的，还有他的新婚太太。"

花泓说："你说的张弓键不是文化馆的吧？我们的馆长叫李纯波，我们的副馆长叫赵甲。"

我说："他的新婚太太和你很像，而且好像也叫花泓。刚才我还以为你就是呢。"

她笑了，说："我还没交男朋友呢。"

这是怎么了？她是不是在装神弄鬼？

我努力回想那个张弓键对我讲过的那个故事，终于想起了另一个名字，就问："这里有没有一个叫金宝的女孩？"

花泓说："没有。馆里只有我一个女孩。"

然后，她给我倒了杯水，热乎乎地说："您回来怎么不提前打个电话？我好去接您。"

我说："太麻烦了。"

她说："您这次回来除了跟那个假周德东见面，还有别的事吗？"

我愣了愣，说："你怎么知道我要跟那个假周德东见面？"

她笑着说："您在电话里告诉我的呀！您忘了？那个假周德东不是约您8月8号在绝伦帝小镇见面吗？"

我更糊涂了。从她的话语和神态中，我感觉到她好像和我有过什么交往。我已经有了经验，就顺水推舟地应付她："噢，对对对，我跟你说过的。"

假如她真的不是张弓键的太太，假如张弓键真的不存在，那次我就当请两个猴子吃饭了。可是，我只对张弓键说过，那个来天安县给文学爱好者讲过课的人是一个假冒者，这个花泓怎么知道？

我笑着问："花泓，你能不能告诉我，你怎么知道那个来讲过课的人不是我？"

花泓说："我去北京见过您一面呀，您告诉我的，那次，我们聊了一个多钟头呢。"

我说："你见过我？你跟谁见的我？"

花泓说："我一个人呀。我回来后，我们不是还经常通电话吗？"

错了，全错了！我从来没有跟她通过电话。

又是那个家伙！！！

他自己揭穿他自己！

花泓说："上次我见您的时候，您的脸色可没有现在好。"

这话我已经听过八百遍了。

她又说："其实，那个假周德东也没干什么坏事，他给这里的文学青年讲了三天课，没有收一分钱报酬，还给每个文学青年送了一本书。"

这话我也听过八百遍了。

她说："副县长三次请他吃饭他都没有去。"

这话我同样听过八百遍了。

她说："这样一个好人，想不到那么可怕……"

我打了个激灵，立即问："怎么了？"

花泓："您不是对我说了那么多关于他的事情吗？"

我只好骗她："前些日子，医生诊断我得了失忆症，我什么都记不住。刚才，我差点把你忘了。"

花泓有点吃惊，她同情地对我说："咳，谁碰上这种事都很难承受。"

我说："我对你说过什么，你给我复述一遍好不好？"

花泓："从什么时候？"

我说："从开始吧。"

花泓就说起来："先前，天安县来了一个冒充您的人，骗我们的吉普车。后来，馆长让我给北京打电话核实，一个自称是您的人告诉我，那个人不是他，是骗子。后来，我邀请他来天安县讲课，他就来了。再后来，我去北京拜访他，却见了您，您说您根本没来过天安县，您说那是一个和您长得一模一样的骗子……"

我静静地听着，觉得这件事绕了无数的弯子，设了无数的圈套。

她说："后来，我邀请您到天安县搞一次活动，您在电话里对我说，最近您遇到了一系列莫名其妙的事，根本没有精力搞什么活动……"

我问："什么莫名其妙的事？"

花泓说："我进一步追问您，您说所有莫名其妙的事都是那个和您长得一模一样的人搞出来的。您说，这世上的事真是无奇不有，那个神秘的人四处冒充您，却总是干好事，太恐怖了。您说，有人给您打电话，有时却是跟那个人通上了话。有人给您写信，有时回信的却是那个人。还有人在您的办公室跟那个人见过面。您对我说，您怀疑您的办公室里一直有两个人，其中一个是隐形的！"

我一切都整不明白了！我要神经错乱了！

我继续问："我隐隐约约想起一点了。"

花泓说："还有，您在西安的时候，曾经接到一张照片，和您长得特别像，您以为是照片里的那个人干的，可是，经过多方查证，不是。您又以为是您多年以前失散的双胞胎哥哥干的，后来证实也不是。您说，更可怕的是，一次您去大学座谈，竟然看见了那个人的幻影！"

我觉得越来越离奇了。

花泓说："最恐怖的是，前一段日子您在电话中对我说，您去陕北采风，竟然在沙漠上看见了海市蜃楼，而那个和您一模一样的人就在海市蜃楼里直盯盯地看着您——这不是出鬼了吗？"

我打起了冷战。

花泓说："前几天，您在电话里对我说，他好像不是什么鬼魂，因为他主动邀请您8月8号在您老家绝伦帝小镇见面。"

说到这里，她看了看我，犹豫了一下才说："您在电话中对我说，最近您受了很大刺激，精神状态很不好。您说，您预感到那个东西无所不能，预感到自己活不过今年8月8号。我还在电话中劝您不要太悲观……"

8月8号！

那个家伙间接告诉我，我活不过8月8号！

直到我离开天安县文化馆，我也没有对花泓说出实情。假如我见过的那个张弓键不存在，那么，他的新婚太太也就不存在，而这个无辜的花泓就像我被人冒充一样，也被一个很像她的女人冒充了。我怕说出实情吓坏她。她跟我老婆一样是女人，女人不应该担惊受怕，所有的恐惧都应该由男人扛着。这不是讨好另外的女人，我是这么说的，也是这么做的。

那个暗处的家伙把我和他黑白颠倒，现在，我成了那个到处冒充他的人！

我成了假的！

我鬼鬼祟祟地离开天安县，坐长途车朝南走，回到了绝伦帝小镇。

绝伦帝小镇没有多大变化。沙土街，有几只觅食的鸡。临街的房子下，半蹲半坐着一些闲人，他们在晒太阳，唠着东家长西家短。这里的天还像我当年离开时那样洁净，太阳依然刺眼。

八年了。

我没想到自己流浪八年之后回到绝伦帝小镇，竟然真不真假不假人不人鬼不鬼。

我家的狗不认识我了，狂叫不已。

我大步走进家门，看见了我妈。她正在炕上摆扑克算命。

她的眼神不太好，抬头见了我，眯着眼问："是德东？"

我说："妈，是我。"

她说："你不是刚走吗？"

我都离开家乡八年了，怎么是刚走？我坐在母亲身边，说："妈，你糊涂了吧？我是八年前走的啊。"

她说："我还没糊涂到那个份上！我是说你不是刚刚回来过吗？"

我的脑袋里一下闪过了那张没有血色的脸。

他来我家了？

我立即问："我什么时候回来的？"

老太太抚摸着我的手，说："你这孩子，这才一个多月，你就记不得了？"然后，她又摸了摸我的脸，说："你这次的脸色好了许多。"

她又说："上次你回来，我就对你说，不要再往家里寄钱了，你就是不听。你有多少钱啊？还是不停地寄！我到哪儿花那么多钱啊！你再寄的话，我非给你退回去不可。在外面不容易，自己好好保养自己吧，家里不用你操心。"

我很惭愧，我有一年多没给家里寄过钱了。

而他一直在给我妈寄钱。

我试探地问："妈，我都记不清我一共给家里寄过多少钱了。"

我妈把柜子打开，拿出一个存折，说："都在呢，我根本没花。"

我打开那个存折，大吃一惊！那是一笔数额很大的钱，是我所有积蓄的几倍！

接着，我去了我哥家和我姐家。

我哥和我姐见了我都说：德东，你不要再给我们寄钱了。

我打探清楚了，那个冒充我的家伙每个月都给他们寄钱，数额都很大，而且经常给侄子和外甥寄东西，都是一些高档的儿童用品。所有这些，凭我的经济能力很难实现。

我没否认，我怕他们惊慌失措。

他们是乡下人，很迷信。他们的心理抵抗力还不如我。

再接着，我又见了我的一些朋友。

他们说的话都让我感到很诧异。我很快就感觉到，那个人上次来到我的老家，和这些朋友都有过深层次来往。

他在一点点代替我在亲人中的位置，他在侵占我的交际圈。我曾经觉得他是我的叠影，而现在我已经快被他遮盖了。

他要替换我。

明天就是8月8号。

我必须对我妈讲出实情。

这天夜里，我和她坐在炕上唠嗑。灯光昏黄。

"妈，我对你说一件事，你别害怕。"

"我都这么大岁数了，我怕什么？"

"最近，出现了一个和我长得一模一样的人，他说他是周德东。"

她不太相信地看着我。

"实话对你说吧，你上次见到的那个人就是他。我已经八年没有回来过了，这是第一次。"

她睁大了双眼："咱家出鬼了？"

"我也不知道是怎么回事。妈，你先不要声张。"

我觉得，假如她声张，我会很危险。我在《特区报》被骂出门的那次就说过：我最怕——假的被当成真的，真的被当成假的。如果绝伦帝小镇的人知道有两个周德东，那我可能很被动，弄不好大家都会怀疑我，最后否认我。弄不好我会被大家赶出绝伦帝小镇。弄不好我还会被当成诈骗犯抓到派出所去关起来。

我心里明白，我斗不过他。

现在，他跟我的亲人和朋友交往得比我还密切，他们之间后来发生的事情我根本不知道。最后，大家相信的一定是他，而不是我。

我对他的事情一无所知，他对我的事情却了如指掌。他甚至对我小时候的事记得比我还清楚。没有任何东西证明他不是我，也没有任何东西证明我是我。

我只有希望我妈能分辨真假了。

我前前后后对她讲了这些事之后，说："妈，明天他也回来，只有你能证明我是你的儿子了！"

我妈在灯光下久久地看着我。

我发现她看我的眼神越来越警觉了，她已经开始怀疑我了！

我忽然想哭。

她看了我一会儿，低下头，好像在努力回忆上次见到的那个儿子，终于她说："你和他确实有一点差别……"

"妈，哪里不一样？"

"他的脸比你白。"

我舒了一口气，说："假的就是假的，肯定有差别。"

她又反复打量我的脸，说："孩子啊，你原谅我，这也不能证明你就是真的啊！"

说到这里，她流下了眼泪："你都离开家八年了，我怎么知道我儿子现在的脸白不白呢？再说，你小时候脸就白，像我，现在你的脸色倒不像小时候了……"

我妈的脸确实很白。

她越哭越伤心："我天天夜夜想儿子，眼睛都快想瞎了，现在却出了这样的怪事，我自己都分不清了！我把儿子丢了，我把儿子丢了！我这是哪辈子作孽了呀？"

我的心情更乱了，说："妈，就算你弄不清哪个是你儿子，肯定有一个是真的吧？他又没死，你哭什么呀？"

她说："两个儿子一模一样，哪有这样的怪事？这不是出鬼了吗？谁知道是不是你们把我儿子害死了，都来顶替他！"

我叹口气说："妈，你这样说我多难过啊。我遇到这样的事本来就够晦气的了，现在连你也不认我了！算了，我走了，那个怪东西想把我怎么样就怎么样吧！"

她一下拉住我，好像她一撒手就会失去我一样："儿子，你别走！只要你们不是鬼，不管是真是假，我都要，都是我儿子！你们都留下来，都在我身边，我不让你们打架，好好相处，像亲兄弟那样……"

我垂头丧气地坐下来。

夜里，我睡不着。

绝伦帝小镇的夜安静极了。窗外的星星很亮，绝伦帝小镇的星星比任何地方的星星都亮，水灵灵的像童话中的一样。

可是，我的心情糟透了，我在焦灼地等待他的到来。

是的，明天我就要见到他了。

此刻，我的内心十分紧张，我不知道我见了另一个我会出现什么样的结果。

是不是我天生就是在重复另一个人，而我并不知道？我甚至想到了克隆一词。

我辗转反侧，想了一夜。母亲好像也一夜没有睡。

邻居家的公鸡没有叫，但是天亮了。

是个阴天，黑糊糊的。

这个阴天，他要来了……

十五、他把我变成了鬼

很疲惫的另一个理由是
我被肢解
我被迫看见我被肢解时
人们认真的态度
尽管这没什么
也引不起伤心
可当我准确地判断孤独时
你们都已经远去

————南嫫

8月8号，阴，降水概率0%，北风三至四级，最高温度零上10度。

这是一个极其恐怖的日子。

今天，我将遇到我。

他说，我活不过今天。

这一天过得真慢，好像是一只生了锈的辘轳。

我紧紧依靠母亲坐着，忐忑不安地等。我不知道自己是在等待一个不吉利的对手，还是在等待死亡。

我觉得我突然变成了一个孩子，一下变得极其胆怯，极其娇弱，极其需要依靠。

我需要依靠母亲。就像小时候，我看见了一道长长的闪电，然后惊恐地缩在母亲怀里，等待那声可怕的惊雷……

我多希望他爽约，永远不出现啊。

天一点点黑下来，子夜12点之前都算8月8日。我觉得黑暗的降临正是他出场的前奏，只有在深夜出现才符合他的特色。

我更加害怕了，我希望白天和他见面，那是属于我这个物种的时间。

我和母亲在炕上坐着，都没有睡，等他来。我没有关灯，我在制造虚假的白天。

黑夜在窗外一点点流淌，无边无际，把灯泡的一点光亮衬托得渺小而脆弱。

我渺小而脆弱地等待。窗外竟然没有一只狗叫，这根本不像我老家绝伦帝小镇的夜。

墙上的钟敲了12下，响一下我的心抖一下。

他没来！

我顿时萌生出一种侥幸心理——我活过来了！

我竟然活过来了，这是多么不应该呀！

他食言了。

他好像无所不能，可就是不敢见我！他害怕我！

第二天，天气十分晴朗，我的心情一下好起来。

接下来，我又等了他几天，始终不见他的踪影。

我不停地给我的办公室打电话，找他。我只能打我的电话联系他，他没有别的联系方法。他就是我。

他销声匿迹了。

我对母亲说："他是假的，他不敢来。妈，你相信我了吧？"

母亲又哭了："你再不许一走就是八年不回来！你每年都要回来一次，让我经常看到你，就不会认错了。"

我要返回北京了。

是的，他不可能和我见面。我是正，他是反。我是阳，他是阴。我是实，他是空。一个人能和他的影子对话吗？永远不能。

到天安县换火车的时候，我又去了文化馆。我还是不相信张弓键不存在。

文化馆只有一个看门的独眼老头。

我问他："大伯，请问张弓键副馆长在吗？"

那独眼老头看了看我，说："没有这个人。"

这下我死心了。刚要离开，我又问了一句："花泓在不在？"

他说："哪里有什么花泓？"

我说："就是你们文化馆的花泓啊！几天前我还见过她。"

老头不耐烦了，说："文化馆都放假半年多了，只有我一个人看门！"

我没有害怕，我一下感到很愤怒，我真想问一问那个独眼老头："你是不是真的呢？"

一环套一环的谎言让我疲惫不堪，我干脆把心中那些阴暗的问号都扔了出去，然后我把潮湿的心像口袋一样翻个底朝天，在太阳下晾晒。

路边一家音像店正在放那个老摇滚歌手的歌：去你妈的！去你妈的！

去你妈的。

别在我面前骂人。

……下了飞机，我坐出租车回市区。

在路上遇见红灯，出租车停了。有一个报童跑过来，他穿过很多车，径直跑到了我乘坐的出租车前。

他说："先生，买份报纸吧。"

我发现这个报童的脸很白，是那种没有血色的白。这世界怎么了！

我掏钱买了一份报纸。

这个报童意味深长地看了我一眼，说："今天的新闻很好看。"然后，他就像老鼠一样钻进车辆的丛林间不见了。

我闲闲地翻开报纸，竟然看见这样一个新闻：恐怖故事作家周德东，为抢救一个落水儿童，不幸牺牲……

我好像被人打了一闷棍！晃晃脑袋继续看下去——

周德东一直在创作恐怖故事。他是一个品格高尚的人，曾经做过很多好事，被人们所铭记。8月8日这一天，在跳马河附近，有一个男童不慎落水，当时他正巧经过，毫不犹豫地跳下水，抱起那个孩子奋力游向岸边……最后，孩子被救了，他却因为双腿被水草缠住，不幸牺牲。这一天，正是周德东的生日。有关部门授予周德东烈士称号，并号召大家向周德东学习。追悼会上，很多文坛老前辈都来了，沉痛追悼青年作家周德东，并向他的家人表示慰问……

报纸还刊登了周德东的照片，很大。

那个镶着黑框的照片绝对不是他，而是我，那是《女友》杂志社的美术部主任殷国斌给我拍的。我想，一定是报社到我家索要的。

我在黑框中笑吟吟地看着这个梦魇一般的世界。

我死了!

我死的日期是8月8日!

他死了吗?

这个和我长得一模一样的人,这个一直冒充我的人,他是不是真的淹死了呢?

不管我愿不愿意,他都已经为我的人生画上了一个句号,一个英雄的句号,一个闪耀着光环的句号。

都已经画上句号了,你还活什么?

这个阴险的家伙,他这是逼迫我在这个世界上消失。

我不知道这个误会将给我的亲人带来多大的悲痛,多大的伤害!

我把那张报纸撕得粉碎,立即给太太打电话。

电话响了半天她才接听。

她悲伤过度,可能早早就睡下了。

她听到我的声音之后,惊恐地叫了一声:"鬼!"然后就摔了电话。

我又拨。电话一直在响,她一直不接。断了,我再拨。

她终于接起来。

我急急地说:"你别怕,是我,我没死,我不是鬼!"

她的声音抖得厉害,都不像她的声音了:"你怎么可能没死?在火葬厂,我亲眼看着你被送进了火炉,你怎么可能没死?德东,咱们夫妻一场,你别吓我了,好不好?我求你了!"然后,她又挂了电话。

我举着电话半天不知道怎么办。

我决定在弄清事实之前,先不和她对话。我怕吓坏她。既然她亲眼看见自己的老公被火化了,那么她无论如何都不会相信老公还活着这个现实。

既然太太看着他被火化,那么他肯定是死了?想到这里,我的心情立即好起来。

反正被火化的不是我，那就是他。

假如他再出现，那就没办法了，那就说明他真是鬼了。

假如他真是鬼，那我还斗什么？只能听天由命了。鬼要索你的命，你能抵挡吗？就像癌要索你的命，你能改变吗？

到了市区，天已经黑了。我住进了宾馆。

第二天早上，我试探着给单位打电话。我的助手同样惊叫着把电话摔了。

我打我办公室的电话，是一个陌生人接的。我说："我找周德东。"

"您有什么事吗？"

"我是一个作者。"

他很客气地说："对不起，他已经去世了。现在我接替他担任主编，有什么事您可以跟我说。"

我说："哦，我没事了，谢谢。"然后，我就沮丧地放下了电话。

我又给一个最要好的朋友打电话。他接起来之后，我第一句话就是："你别害怕……"

他叫了一声："我操！"一下就把电话挂断了。

我实在不想再听到这种惊恐的声音了。我放弃了沟通，放弃了解释。

我一整天都躺在宾馆里，思考下一步该怎么办。

我忽然想到，假如那个家伙真是血肉之身，假如他真是冒充我救人不幸送了命，那么我就永远无法澄清这件事了。只有他存在，只有他向天下人坦白交待，我才能重见天日。

可是，他到底有没有消失呢？

假如他没有消失，我到哪里去寻找他？他为我的生命画上了句号，也就是为他的生命画上了句号，他不可能再出现了。

我想起那个不存在的爱婴，想起那个不存在的张弓键，想起那个不存在的花泓，感到自己是游荡在一个梦里。

我坐起身给许康打电话。我要一个个对证。我拨通了那所大学的总机，说找学生会主席许康，总机却告诉我："没这个人。"

我又给毛婧打电话，是另一个宾馆清洁工接的，她说："毛婧回长岛了。"毛婧是存在的，这证明我不是在梦中。

接着，我又给《新绿》文学报打电话。那个学校的总机告诉我，没有这个报，他们学校报纸叫《荒芜》……

该吃晚饭了。我走出房间，看见服务台站着几个人，他们看着我，小声说着什么。其中一个是楼层服务员，还有三个保安。

我一眼就看见服务台上放着那张报纸，那张有我遗像的报纸。

我匆匆地走下楼去。

在餐厅吃饭时，我看见服务员也对我指指点点。我用眼睛扫视了一圈，看见收款台上也放着那张报纸。

我不能再住下去了。在这家宾馆里，我是一个鬼。我必须换一家。

离开那家宾馆，我发现我的烟抽完了，抬头一看，附近有一个小卖店，就走了进去。

老板是个中年女人。她收了我的钱，把烟递给我的时候，两只眼睛一下就直了。

她的手里也拿着那张报纸！

怎么到处都有这张报纸？

我说话了，声音很轻，我努力使自己的声音更像人的声音："请问，你手里这张报纸是谁送的？"

她尖叫一声，转身就从后门跑了出去……

我走了几家宾馆，发现那张报纸无处不在。前台小姐见了我，都显得很惊骇。我想，走到哪里都一样，干脆住下来吧。于是，我掏出身份证，对最后一家宾馆的前台小姐说："请为我登记一个标准间。"

她紧紧盯着我，嘴唇颤抖着，僵在了那里。

如果我真的住下来，一会儿她肯定向上级汇报，上级肯定报警，那时候，麻烦就大了。

我突然收起我的身份证，说："小姐，我不住了。"

她依然死死盯着我。

我指了指前台上那张报纸，说："我只想问问，这张报纸是谁送来的？"

过了半天，她才颤巍巍地说："是是是一个报童……"

十六、第一次面对面

我爱我
就像上唇亲爱下唇
你恨你
就像上排牙仇恨下排牙

　　　　　——无名氏

我走投无路，坐进了出租车。那是一辆灰色的出租车。

为了不打草惊蛇，我坐在后排座。

出租车的报篮里竟然也有那张报纸！好在天已经很黑了，那司机没有看清我的长相。

司机问："您去哪里呀？"

我说："你就朝城外开吧。"

我想到郊外去，找一个废弃的厂房之类的地方藏身。

那个司机有点警觉，他在后视镜里看了我一眼。

"师傅，对不起，我要交班了，您换一辆成吗？"

我说："你别怕，我不会劫你的车。我是个恐怖故事作家，只想去黑暗的旷野中体验一下。我会付你双倍车费的。"

司机犹豫了一下，把车开动了。

车一直在朝前开，车灯照着我冷清的前途。

我靠在后座上，一直在想那个可怕的报童。我怀疑他就是另一个我变的。

他太狡诈了，他把我彻底变成了鬼。而那报纸就是一张张符咒，不让我在阳间现身。

终于到了没有人烟的郊外，路边出现了一座废弃的房子。

我说："你就停这里吧。"

那个司机把车停下，打开灯，回头接我的钱。他无意中看了我一眼，怔了一下，但是没有出声。我能感觉出他压制着恐惧。

我下了车之后，他手忙脚乱地一踩油门，以疯狂的速度离开了现场。

我借着月色，走进了那座房子。那果然是一座废弃的厂房。

我找到一个避风的地方坐下来。

地上扔着一些废铁、电线、螺丝之类的东西，泛着铁青的光。空气中弥漫着一股柴油味。

我坐在黑暗中，想起周星驰有这样一句台词：人生的大起大落来得如此突然，真是太刺激了！

真是太刺激了。

我都要崩溃了。

我的神经已经被磨砺得千疮百孔，眼看就要断裂了。为了把它最后相连的一点柔韧性咬断，在这个阴森森的空间里，又有一个细微的声音出现了。

最初我以为是老鼠，一只老鼠阵营中最狡猾的军师。它弄出的声响极其隐蔽。

后来那声音越来越大，最后变得肆无忌惮。

我像受惊的老鼠四处张望。

我听见黑暗深处有人对我说话，那是张弓键的声音！那声音有点缥缈，有点轻浮，很不真实，像梦一样。

他说：我再给你讲讲那个周德东……好吗……他跟你长得一模一样……只是他的脸很白……比我的还白……是那种没有血色的白……你不相信我吗……你为什么去文化馆找我……那

个花泓说话你就信吗……那个看门的独眼老头说话你就信吗……你再回去看看那个独眼老头还存在吗……

我吓得浑身发抖！

我想拔腿跑出这个鬼地方，可是张弓键的声音正堵在我和出口中间的地方。我明显感到，假如我往出口跑，就会撞到那个声音上！

我哆哆嗦嗦地等待，听他再说什么。

然而，他的声音消失了。四周死一样寂静。

过了一阵，我又听见有一个声音飘飘忽忽地响起来——

周老师……周老师……周老师……

谁在黑暗中叫我的名字？

我努力回想……是他！那个学生会主席许康！那个脸很白的许康！

他紧张地说——

周老师……您怎么在这里呢……自从我听说您死了……就开始找您……我找遍了很多地方……就是没有您的影子……急死我了……那个周德东又来我们学校了……他说冒充他的人死了……他要补上那次讲演……他穿着黑风衣……脸上没有一点血色……我宁可相信死了的您……也不相信活着的他……

过了许久，又有一个声音响起来——

我去过东北……黑龙江……天安县……但是冒充你的人不是我……你知道我去干什么……我去抓一个骗子……抓我爸……我给他戴上了手铐……他中途逃跑……我把他抓回来……不打他……不骂他……用订书机往他手背上订……一个钉……两个钉……三个钉……特整齐……老家伙终于求饶了……说他再不敢跑了……我的手段够不够黑……周老师……

是曹景记，他的声音在黑暗中极其温柔——

我没有想你会死得这么早……我还想和你换换呢……现在你会同意吧……来……你当警察……我当鬼……

一个浙江口音把曹景记打断，那是周德西——

周德东……是我克你吗……不……你搞错了……是你克我……你让我无家可归……你让我跟一个陌生人在寒冷的路上度过自己的第一个生日……这辈子……咱俩说好的要同归于尽……可是你怎么自己先死了呢……

又有一个细细的女孩的声音——

周老师……周老师……我是北方大学的学生……我叫姜丽啊……您当然不认识我……不过……我早就认识您……我很喜欢您的才华……今天是我的生日……我早就对我们寝室的人说过……这个生日我要约一个重要的男生和我一起度过……和我一起在荒郊野外的废弃厂房里度过……你现在有空吗……

我哆嗦得更厉害了。

又出现了一个老太太的声音，她就好像贴在我的眼前——

你告诉我……你是不是我的儿子……是的……你是的……你看……你的脸这么白……我儿子的脸就是这么白的……

老太太的声音渐渐退去，我又听见了"故事王"的声音——

孩子……胆小的孩子……我特别高兴在这荒郊野外遇到你……瞧瞧外面……多黑呀……你的心又跳得这么厉害……正适合讲恐怖故事……有一个旅人……穿着一身牛仔服……背着一只军绿色挎包……你要记住他的装束呀……他坐在一个湖边歇息……你不要以为这是虚构的……这是真事……那湖就是陕北的红碱淖湖……突然……他看见湖里出现了一条石板街道……两旁是不知什么朝代的老宅……接着一所老宅里走出一个梳抓髻的小孩……他到外面放风筝……小孩仰着头……竟然看见了旅人……他惊恐万分地跑回老宅……领出一个老妇人……不停地朝天上指……那老妇人抬起头也吓得瞠目结舌……接着……那水里的场景很快就消隐了……这其实是一个即将发生的故事……你本人要为这个故事续一个结尾……你续的结尾太精彩了……只是……只是……有点恐怖……你别

怕……好吗……

我又听到我的助手的声音——

周老师……周老师……你别怕……是我……

这声音如此清晰，就像在门外，我还听到了她踩砖瓦的声音。

是我的同事来找我了？

我都弄不清是幻觉还是现实了！

我的助手又说——

虽然我的脸很白……但是你别怕……我小时候得了贫血病……所以我的脸就很白……不过……你可不要弄破我啊……要不然那血就会一直流……很快就会流光的……我就成了你一直找的那个周德东了……

最后，我竟然听见了母亲的声音，她很心疼我，声音里带着哭腔——

你怎么藏到了这个破地方……你不是当了大作家吗……你是不是假的……要不然你为什么不敢见人……我不会认你……另一个才是我的儿子……因为……他的脸没有血色……你看……我的脸就没有血色啊……看清了吗……

……

统统不是人！

我蓦然感到自己就像一茎弱草，毫无抵抗力。四周魑魅魍魉横行。

我的同类呢？你们为什么不来帮帮我？

谁是我的同类？

还有吗？

假如现在真的来人帮助我了，我也不会相信他。包括我最亲爱的女人，哪怕她拿着我和她的结婚照。

现在我只信我自己。

不不不，我连自己都不信了！

我是谁？

我是周德东？

我是母亲的儿子?

我是太太的丈夫?

我是跟出版社签约的恐怖小说作家周德东?

滚他妈的吧!

我是个疯子,那些报纸说对了,我是个疯子!现在,疯子希望他有个武器,他要和所有没疯的人作战!

我在脚下摸来摸去,竟然摸到了一把废弃的三角工具刀!

我能感觉到,它已经生锈,很钝了,没有什么威力,但是我这个时候能摸到它已经很幸运了。

也许这把生了锈的三角工具刀毫无用处,但是我必须抓住一个什么东西,哪怕它是一根细细的草。

月亮逃掉了。雷声滚过来,我感到地表在微微颤动。

我听见一个人在笑,笑得非常真实。一道闪电划过,我看见黑糊糊的断壁上出现了一个影子。瞬间的光亮灭绝之后,一个声音又从黑暗深处飘出来:"周先生,你都死了,还活着干什么?"

我抓紧那把刀。

我颤抖地问:"你是谁?"

"你说呢?"

"你……"

那个影子从黑暗深处渐渐显现出来。又一道闪电,我看见了他。他长得和我真像,简直就是一个人。只是他的脸色在电光中显得更加惨白。

我终于和他面对面了!

我终于见到我了!

这时候我已经魂不附体!

他一点点接近了我,虚心地问:"我是谁?"

我本能地往后缩了缩。

他停在离我很近的地方。闪电一道接一道,他伸着脑袋直直地盯着我的脸,好像在照镜子。

他木木地说:"其实,我是你在文字中刻画的那个周德东。"

他木木地说："我是你造的。"

他木木地说："谢谢你把我造得这样完美。"

他木木地说："有我存在，你就永远活不好。"

他木木地说："你是不是不明白我的脸为什么这么白？因为我是假的。你是不是发现很多很多人的脸都很白——张弓键，许康，姜丽，那个犯癫痫的老太太，你的助手，你的母亲，讲故事的王五……因为他们都是假的。你很清楚，他们都是假的，因此他们都无血无肉，像我一样苍白。你是造假的，那你也是假的。只有我是真的。这种辩证关系你不会不明白吧？"

我搞不清这错综复杂的关系！

他说："你别当真，我玩的全是假的。我的诚实建立在一点也不诚实上。这是我的职业性质。我玩得诡秘，你观得出神，我就不亏你一张票价，你也不枉我一番苦心。我是技巧主义者，唯美、浪漫而又超现实，小把戏是空空的礼帽飞出鸽子，大玩意则是掀开袍角，端出一桌丰盛的筵席，外带一坛酒。人非超人，术非超术，我只不过是同自然法则藏猫猫，同物理现象开玩笑，打视觉的谜语，变科幻的疑案。没有严肃的主题，没有深远的意境，更没有意识形态，全部目的仅在创造解构的趣味。使正确谬误一下，使呆板活动一下。可乎不可，然与不然。让你瞪大眼睛，目击，空间换位，时间加速，而骇！怪！惊！喜！绝！这是大荒的诗，这是对你的概括，也是对我的概括。嘻嘻。"

我全身的血都涌上了头顶。

借着一道闪电，我朝他的背后大声喊道："又来了一个！"

他转过头去。

我举起那把三角工具刀，用尽全身力气朝他的心口刺去。

这一刺凝结了我全部的愤怒、仇恨、惊恐、无助、痛苦、悲伤，还有强烈的求生欲。刺得太深了，一截刀把都戳进了他的身体。

同时，我的心口也感到一阵剧烈的疼痛。

他趔趄了一下，慢慢转过头来，慢慢躺下了。

我把自己杀了。

闪电断断续续照明。我看见他的血汩汩流出来。那血是A型的，那是我的血。

他的脸上仍然挂着笑意，弱弱地说："你为什么要自杀？我早劝过你，活着就是美好的……"说完，他极度困倦地缓缓合上了眼睛。

我傻傻地看着他。

他的血不多，很快就不流了。

在电光中，他的脸更白，像一张纸。

我看着我的尸体。

我真的成了杀人犯。

十七、穷追不舍

哩哩哩哩哩哩哩
以吾腹作汝棺兮
　　　　　——伊沙

杀了那个东西，我没命地朝城里狂奔。大大的雨滴已经砸下来。

跑了一段路，我的衣服就湿透了。我躲在一棵树下，惊恐的心平静了一些，可是我的身子一直在哆嗦。

我掏出手机，给太太打电话。

这时候是子夜了，我知道她会很害怕，可是我必须跟她通话。当她拿起电话的时候，我第一句话就说："你千万不要挂电话！"

她没有挂。

我长出了一口气，继续说："现在所有的人都不相信我了，我只剩下你了。"

她一句话不说，屏住呼吸听我说。

我说："有两种情况，一是我没有死，现在像个丧家之犬，无家可归。你睡在咱家那张温暖的床上，那床是我们一起买的，6680元，德国造。而我正在野外的雨中站着。二是我死了，我回来吓你。你肯定希望我还活着，为了证实这一点，你不能冒一次险见见我吗？"

太太说话了，她的声音颤颤的："你死了，德东，我知道你死了！"

我说："好吧，就算我死了。你还记得我们两个人在没人的原野上定的那个暗号吗？那个只有我们两个人知道的暗号？"

太太没有说话。

我说："抬头看见黄玫瑰，一生一世不流泪……"

太太听我说完，"哇"地哭起来。

终于她说："你回来吧。你就是鬼，你也回来吧，我跟你一块走！"

我回了家。

当我进门的时候，看见太太把房间里的灯全部打开了，她正坐在沙发上等我。她的脸色极其难看。

我停在门口，对她说："你别怕，你坐在那儿，我站在这儿，我跟你离远一点，你听我说。"

我把事情从头至尾讲了一遍。

最后，太太走过来，紧紧抱住我，放声大哭。

多少天来的悲伤和委屈，突然降临的喜悦和激动，还有内心深处的惊恐和悬疑……她放声大哭。

太太已经彻底相信我是活人了。

我以为让太太下决心见我面的是那个暗号，其实错了，后来，她对我说了一件事，让我不寒而栗：

几天前的一个夜里，太太听见窗外有人对她说话。那声音空空洞洞，把太太吓得够戗。那个轻飘飘的声音说："我是周德东啊，我是你的老公啊。"

太太惊恐地问："你是人是鬼？"

他说："我只是一缕阴魂啊。"

太太惊叫起来。

他说："你还记得吗？抬头看见黄玫瑰，一生一世不流泪啊……"

太太就哭了，说："你回来想干什么？"

他说："我只是回来看看你啊，我不放心啊。"

然后，那空空洞洞的每句话都缀着"啊"的声音就消失在茫茫黑夜里……

对于他来说，我没有任何秘密。对于我来说，他从始至终从头到脚都是秘密。

从此，我躲在家中，足不出户。

我的书不写了，我的工作没了，我的社交停了。我成了一个彻头彻尾的废物。

我不知道那个我的结果。

我认为他消失了，因为他再没有出来作怪。

他能被杀死吗？

我什么都不知道。

终于有一天，我让太太给我以前的几个重要同事和几个重要朋友打电话，告诉他们我的情况。

他们都十分惊诧。

接着，我才跟他们通话。

我只说："那个淹死的人不是我，只是和我长得很像而已。那些日子我回东北老家了。"我嘱咐他们先不要声张。

这天，太太上班了，我百无聊赖，给母亲打电话。我担心那个东西又渗透到我的老家去作怪。

"妈，那个和我长得一样的人没去咱家吧？"

母亲很诧异："哪个人？"

我说："就是上次我回家跟你说的那个冒充我的人。"

母亲更不解了："你都八年没回来了呀！"

我傻了，难道母亲也有两个？

我说："我是8月8号回去的呀！"

母亲说："是不是年头太久了，你都找不到家了？"

我说："我在绝伦帝小镇长到十八岁，怎么可能找不到！我回去不但见了你，还见了一群侄子和外甥……"

母亲说："傻孩子，咱家不是搬到依龙镇了吗？依龙镇在天安县北边！"

我大惊失色："什么时候搬的？"

母亲说："去年搬的呀！我打电话跟你说过的。"

我说："你打的是我单位还是我家里？"

母亲说："是你家里。我根本不知道你单位的电话。"……

这天夜里两三点钟，我睡眼惺忪地爬起来，上厕所。

回来的时候，我听见书房好像有动静。走过去，借着月光，我看见书房的墙壁上出现了一个人打字的侧影！这次不是幻觉，真的有一个人在我的电脑前摸黑打着字，我听到了"噼里啪啦"的声音！

我呆住了，一时不知该朝哪里跑。

他在黑暗中转过身来，笑笑地看着我，那张脸无比苍白。他耐心地说："别害怕。现在我要开导开导你，在这个世界上其实没什么可怕的……"

我觉得我的身体已经像棉絮一样飘散，只剩下一颗沉甸甸的大脑袋。

接着，他不怀好意地说："以前你经历的所有可怕的事情，都是你的幻觉。幻觉是不可怕的。或者说，那都是你构想出来的情节。你靠你的想象力吃饭，你的大脑总是不停地想象，渐渐地，你想象的东西就变成了现实。比如，你从小就想当作家，现在你就当了作家。我说得对吗？我也是幻觉，可是现在你已经陷入幻觉中不能自拔，幻觉最终会要你的命，我最终会要你的命。因此，幻觉是可怕的，我是可怕的。"

我根本没听懂这个东西在说什么。

我在想，他淹死了，又出现了。那么，我杀了他，他当然还能出现。而我是多么愚蠢啊，我竟然相信了那把连小鸡都杀不死的三角工具刀！

这时候，我实实在在地感觉到了他是一个虚无的东西。

他说："其实每个人都是两个人。包括你太太，她也是两个人。"

她当然是两个人——她身边有一面镜子。

他又说："你想让我死，那除非你死了。你想杀死我，就要杀死你自己。现在，我来杀你，以实现你要杀死我的愿望。你听明白了吗？不过，我可不像你那么野蛮。"

说着，他像盒子一样从身体正中把自己慢慢打开了。

他的身体只是一个壳，里边是空的！

他的眼睛一边一个，他的肚子一边一半。

他怪怪地笑起来，他的嘴在盒子两边一动一动地说："你来吧，让我包裹你，覆盖你，替换你……"

我愣愣地看着他。

他又说："然后，你就升华了，你就变成我了，你就完美了。"

他要吞没我！

总干好事的他终于原形毕露！

接着，他敞着黑洞洞的身体，慢慢朝我走过来。

我转身冲出门去。

我家住在回龙镇，在郊区，这个时间小区里已经没有一个人。

回头看，他那张苍白的脸紧紧跟随在我背后。我别无选择，只有拼命朝前跑。冷汗"哗哗"淌下来，模糊了我的双眼……

眼前浮现出一只死去多年的黄羊。

那时候我在锡林郭勒草原开车。一次，我在草原上看见一只黄羊，立即开车轧过去。它被冲过来的庞然铁物吓得仓皇逃窜。

我开车紧紧咬住它。

它的四条腿很细，跑起来十分灵巧。它美丽的圆臀一颠一颠。

它跑啊跑啊……

我跑啊跑啊。我穿的是一双拖鞋，一只早跑掉了。不时有石子硌脚，疼得很。

我穷追不舍。

当我快追上它的时候，它突然一转弯，跑向了另一个方向。卡车因为巨大的惯性扑了空，费好大劲儿才扭转路线，继续追。

它往哪里跑我就朝哪里追。

空天旷地，一览无余，它根本无处可逃。它的死是早晚的事。

我追了很久很久，太阳都移动了一大截，它还在跑。我开始佩服它的耐力了。

我已经筋疲力尽了，可是我还在跑。

他无声无息地跟在我背后……

那只黄羊终于慢下来。

我的车离它越来越近，快撞上它的屁股时，它惊了一下，陡然又加了速……

我有些愤怒，把油门踩到底，继续追。

它跑啊跑啊，又跑出了很远很远很远，我都不敢相信自己的眼睛了！

终于，它又一次慢下来。

它一边吃力地跑，一边无助地抬头四望，想寻找它的伙伴，想寻找藏身的地方……

茫茫荒原光秃秃，没有一棵树，没有一块石头。它无处可藏。这时候，它的命运还不如草丛中的一只蚊子。

我的同类都在睡觉。尽管乌云低低地压在头顶，可他们都在做着美梦。

我藏在任何一个地方都挡不住这个虚无的东西。他可以穿墙，他可以遁土，他可以飞天……

黄羊绝望地继续跑，已经跟跟跄跄。

我的汽车又一次逼近它。

它爆发最后的力气，跑得又快了。

就这样，我的汽车接近它，又被它落下，再接近它，又被它落下……反复多少次，它终于完蛋了。

我终于要完蛋了。我没有一丝一毫的力气了，我跑得歪歪斜斜。

他接近了我！

我陡然加快了奔跑速度。

黄羊乱了步子，身体开始摇摇晃晃。终于，它瘫倒在地。

我从车上跳下来，跑过去抱它。

它可怜巴巴地看着我，我一步步走近它。突然，它惊恐地跳起来，继续奔跑……

他离我越来越近了。

他的手一下一下朝前抓挠着，我的后背已经碰到了他那软绵绵的手指尖……

黄羊摇摇晃晃地跑，终于接近了一片高一点的枯草丛。它一头钻进去，闭上眼睛，痛苦地喘息。那草丛怎么能挡住它呢？它的圆臀高高地在草丛上露着。

据说，这时候的黄羊肺已经炸了，即使不抓它，它也活不了多久……

我把卡车开过去。

它努力地站起来，又摇摇晃晃向前走。它几次差点被骆驼刺绊倒。它已经看不到什么了。它的眼前一片漆黑，没有光亮。

它已经死了。

它还在朝前走。

这是生命的奇迹。

死亡的恐怖，剧烈的漫长的奔跑……使它的肺已经彻底毁坏，只是它的大脑的思维还没有停止。它仍然躲闪着山一般的踩踏。它的感觉世界里只有自己艰难的急急的喘息，还有向前走这一线本能的念头。

它已经不知道自己为什么要朝前走，那只是生命死亡之后的短时间的惯性。

我在追赶一只死去的黄羊……

他已经几次抓到我，都被我拼命地甩开了。

我快吐血了……

那只黄羊终于被一颗很小的石子绊了一下，倒下了。

它再也没有爬起来。

它瞪着圆圆的惊恐的眼睛。

它的胸部很热很热，烫手，尽管它的心已经不再跳动……

我总说自己正义、勇敢、善良，其实我真实的人性中有多少恶啊。现在，命运在报复自己？

我是黄羊的异类。

身后那个虚无的东西是我的异类……

他的手已经紧紧抓住了我！

我的大脑一片空白。

这时候，我看见前面出现了一个路口，那里站着一个警察！天还没亮，路上没有一辆车，可他是一个忠于职守的警察，他笔直地站立在那里。

我的精神一振——这是我惟一的机会了！

我爆发全身的力量又一次挣脱了他的手，朝前冲，一直冲到那个警察跟前，对他喊道："救……救……救命！"

身后的那个家伙并不躲避，他一步步逼过来。

那个警察反应很机敏，他纵身一跳，挡在了我的前面。然后，他伸出手，用一个威风的手势挡住了那个家伙。

我说："他要杀我！"

警察厉声对他吼道："不许动！"

那个家伙对警察说："你在这里站岗太辛苦了，我给你一

周德东文集
COLLECTION WORKS

100

点慰问品。"说着,他随手从口袋里掏出半个苹果,递给警察。

警察突然嘻嘻地笑起来,接过那半个苹果,立即点头哈腰地说:"谢谢老板!谢谢老板!"

我藏在这个警察的身后,不就像那只黄羊藏在露屁股的枯草丛中一样吗?

我彻底呆了。

那个家伙指着我,低声对警察说:"我可以杀他了吗?"

警察"啪"地敬了个礼:"祝你成功!"

警察是个疯子!

我撒腿又跑……

我沿着环城路一直跑到天亮,大街上出现了清洁工!

我回头,他没了!

——他是完美的,他不会在光明中作恶。

清洁工大妈远远地问我:"你一个人跑什么?"

十八、命无数

整个夜晚
黑暗灿烂着
被撞响着
沉重的喘息长鸣
　　　　——贝岭

我拦了一辆出租车回家。

我上车后,那个司机用奇怪的眼神看我,不知道为什么。我没有心力多想了,我缩在座位上,闭目喘息。

到了家,我付了钱,下车。那个司机还是用奇怪的眼神看我,他一直看着我走进家门。

我跟跟跄跄地走进家里，太太见了我，突然惊叫一声，转身就跑。

这是怎么了？

我喊："你跑什么？"

她停住，回头，惊恐地问："你是人还是鬼？"

一股无名之火冲上我的头顶，我大声说道："你说我是人还是鬼？我受的刺激已经够大了，你还添乱！"

太太见我发了脾气，静静地看着我，不再说什么。

我火气难消，气咻咻地问她："我怎么了？你这样害怕我？你说呀！"

太太小声说："你自己照镜子看看。"

我对着镜子一看，把自己都吓了一跳——我的脸惨白，没有一点血色。

她见过他，她只记得他的脸没有血色。我也告诉她，他和我长得一模一样，只是他的脸没有血色……怪不得她这样害怕。

而且我深更半夜突然就不见了，下落不明。大清早，就有一个脸上没有血色的周德东走进来……

我轻轻抱住了她，低低地说："昨天夜里，他来了，他追了我半宿。"

太太目瞪口呆。

我说："让我躺一会儿，我太累了……"

那天，我躺在床上之后就开始发高烧。

太太又害怕又难过。她用毛巾为我敷脑门，一遍，一遍，一遍……她悲伤地说："现在怎么办？那东西半夜肯定还要来！"

我昏昏沉沉，不说话。我怎么知道怎么办呢？

太太说："要不然，我们报警吧！"

我说："警察管得了吗？"

太太说："那你快想办法呀，怎么能杀死这个怪物？"

她急得快哭了。

我说："他说他是我在文字中塑造的另一个我。我想，要消灭它，除非把我写的书都烧掉。"

太太急切地说："那快点烧啊！"

我说："我的书遍布大街小巷，怎么可能清除光？只要有一册，他就有一条命！"

太太绝望地瞪大了眼睛。

我悲伤地说："我塑造了太多太多的我，数都数不清……"

太太紧紧抱住我，浑身抖个不停，眼泪扑簌而落。

我说："别哭了……"

她还哭："就让我一直这样抱着你吧……"

我不再说话，由她抱着。

我觉得头很沉，躯体却轻飘飘地浮在半空中。

她一边哭一边说："我记得那次以为你死了，看着你的尸体我难过到了极点，我当时就想，他活着的时候我为什么不多抱抱他？那感觉一定无比幸福……"

她哭得越来越厉害。

"你就当我那次死了吧。"

"德东，你没死！我爱你！"

我的眼睛也湿了："我也爱你……"

十九、保命之计

你说死神要来跟我下棋
我说这是一件好玩的事情
你张大了嘴巴
我说，我是指下棋

——周德东

天快黑了。

他要来了。

我和太太紧紧拥抱着。我们在等死。

太太已经不再哭，她睁着空茫的双眼看着窗外越来越浓的黑暗。

谁家的狗叫起来，一声比一声急促。

我努力回想有关他的一切，想找到他的死穴。

我绝望了——他几乎无所不能。我根本不是他的对手。

我开始猜想我被他彻底吞没之后会是什么感觉。

如果我从此就消失了，那还不是最可怕的事情。我担心我永远死不了，而是被装在他的身体里，那是最黑暗的地狱，我将承受无尽无休的痛苦折磨……

他为什么不去抓张三，不去抓李四，偏偏抓我呢？当然因为我是周德东，因为他是我在作品里造出的周德东。

其实，每个人都在极力塑造着另一个虚假的自己。比如，他的心里很想得到一个不该得到的东西，但是在别人面前，他却要装出很不想要的样子；比如，一个人躺在床上的时候，他可能一边向往哪个放浪的女人一边疯狂手淫，有人的时候，他一定会装出一副很鄙视这类女人的态度；比如，他可能在网上把真实的自己藏起来，匿名去骂一个他嫉恨的人，满嘴喷粪，恶毒至极，接着去见一个异性网友的时候，他马上就会换上一副风度翩翩、谈吐优雅的形象……

也就是说，每个人都可能在这个世界上遇到另一个自己。只是时机未到。

我是一个作家，我的方式是在作品中对自己造假。如今，另一个虚假的我找上门来了……

我的心里忽然迸发出了一个想法，我一下推开太太，跳了起来。太太吓了一跳，惊惶地看着我。

我说："我想出办法了！"

太太的眼睛一亮："什么办法？"

我说："改名字，我改名字！"

太太半信半疑："改名字？"

这是我一生中最伟大的一次灵感了。

改名字。

他是我用灵感制造出来的，现在我还得用灵感把他制服。老话说：解铃还须系铃人！

是的，我说过，所有玄忽忽的事情，都有对付它的办法！

我立即对太太说："从现在起，你再也不要叫我周德东了。我改名叫——"我简单想了想，然后说："我叫李沸。"

这名字改得彻底，没有一个字相同，连声调也都不同！

太太说："管用吗？"

我说："试试吧。不管以前我写过多少作品，用的都是这三个字——周德东。现在我改了名，我就不是他了，他就拿我没办法了。"

接着，我立即给我的亲戚、朋友、同事打了一圈电话，告诉他们我改名字了，叫李沸。而且，我告诉他们何时何地都不许再叫我周德东这个名字。

那天，漫长的夜，李沸和太太一直紧紧抱在一起。

窗外的狗一直在叫。

风吹得窗子"啪啪"地响。

我感到太太不停地抖，其实我的身子也在抖。

我当然不敢肯定我的办法就可以保住性命——他是那样可怕！而我的办法却是那样不切实际！

我们一直抱着到天亮。

天亮啦！

他没来！

他找不到我啦！

没事啦！

啦啦啦——啦啦啦啦啦——啦啦啦——

我感到生活一下充满了阳光，满世界的鲜花呼啦啦都开了！

二十、一条胳膊在追我

> 而东西本身可以再拆
> 直到成为相反的向度
> 世界在无穷的拆字法中分离
> ——欧阳江河

周德东没有了，他身上的附着物就没有了，那个寄生在周德东身上的虚假周德东就没有了。

他拿李沸没办法！

这一天，我叫来一些朋友，在我家里聚会。

在电话里，我特意嘱咐他们，叫我李沸，千万不要叫我周德东。

我的助手也来了。

一个记者朋友问我："那个救落水儿童的新闻是怎么回事？"

我说："这件事情我不想再提了。反正那个人不是我。"

那个朋友说："如果那个人是你，今天你请我们来喝酒，我们还敢来吗？"

大家都笑起来，笑得阳光灿烂。可是，窗外很黑，黑得伸手不见五指。

那个朋友又问："是不是假新闻？"

我说："不应该说是假新闻。"

另一个朋友参加过我的追悼会，他对旁边的人说："那个人长得可真像李沸。"

他旁边的人就疑惑了："现在查没查出他到底是什么人？"

我说："根本查不出来。"

那个人更疑惑了："这算怎么回事？他死了，悄无声息地消失了，弄不好他的亲人他的单位都不知道，以为他失踪了。而你担了一个英雄名，还活着，却隐姓埋名……这是怎么回事呢？"

我说："这事情很复杂，很难讲清楚。来，我们喝酒。"

喝酒间，我的助手好像要对我说什么。

我问："你有事吗？"

她左右看看，有点为难："没人的时候再说吧。"

大家开始唱歌，跳舞，玩得非常热闹。我的助手也跟着笑，但是我能看出她有心事。

她要对我说什么？是不是她已经办好了出国手续，要去加拿大了？

窗外的月亮一直没有出现。

那天我有点喝醉了。

杯盘狼藉，大家要散了。我把大家一个个送出去。

我正要回房间的时候，听见我的助手在身后叫我："周老师……"

我条件反射地应道："哎。"

那个恐怖的东西突然就在我身后出现了！

他怪笑着说："是我！"

然后他张开他自己，猛地扑过来，速度极快！

我的酒一下就醒了，本能地用手推他，同时大叫："我不是周德东！我是李沸！"

可是那一瞬间，我推他的右臂就被他吞进去了，吞进了他那黑洞洞的身体里，我眼看着自己的一条胳膊没有了，竟然没有感到丝毫疼痛！

我喊出来，他就停止了吞没，哇哇大叫着，声音极其古怪，可怕。

我一转眼就变成了残废。

残废！

我顾不了那么多，撒腿就跑。

他在身后一边追赶一边叫："你是周德东！你撒谎！你是周德东！"

我不回答。

夜路上，迎面走过来一个醉鬼，他摇摇晃晃地朝我喊："深更半夜你跑什么？"

我说："你没看见身后有人追我？"

醉鬼不屑一顾地说："胆小鬼，不就是一条胳臂在追你嘛，怕什么？"

二十一、温柔的呼唤

那副愤怒的眼镜
它对我说
你呀你
从来不把我放在眼里
————无名氏

那个东西神秘地消隐了。

我失魂落魄地走回家。

世事难料，我突然变得残缺不全。我的心里极其悲痛。

失去了一条胳膊，我很不适应，感到身体极不平衡，走起路来左摇右晃。

月亮今天本应该很圆，但是它没有出现。它和今夜这场阴谋有串通的嫌疑。只有云缝里露出的星光照耀着我的前途。

到了家门口，我在星光下的台阶上坐了很久。

我要调整好自己的心态，然后再和太太见面。

我终于走进了家门。

太太见了我，大吃一惊。

"你的胳膊……"

我淡淡地说："我上当了，我答应他了。"

太太的眼泪"哗"地流出来。

我说："别哭了。你都经历过我的死，还受不了这种打击吗？

太太说："这是怎么了？为什么所有的厄运都落在你一个人的头上？"一边说一边哭得更厉害了。

我一直在安慰她。其实，我的心里更沉重。我担心，这才仅仅是开始。

现在，他有一条胳膊是真实的，有血有肉。那是我的胳膊。他的其他部分还是虚无的。

他还要吞没我剩余的部分。

他要吞没我的脑袋，我的五脏六腑，我的另外三肢，我的生殖器，我的思想。

直到我都被他吞没了，我就不存在了，他就新生了……

从此，我怕任何人叫我的名字。我几乎神经了，听见有人说话带一个周字，或者带一个德字，再或者带一个东字，我都会心惊肉跳。

我提心吊胆，如履薄冰，惶惶不可终日……

一天，我忽然想起我的助手来，马上给她打了一个电话，问她那天晚上到底有什么事要对我说。

她惊诧地说："我根本没有去过你家呀！"

一天夜里，我做了一个梦。我梦见我和太太在海边玩。

那个场景是1999年的夏天，大连的海。当时我刚刚辞掉《女友》杂志社的主编职务，无业，一身轻松。

太太不会游泳，我把她拉进了大海，让她站在浅水里，学习游泳。

我一个人往大海深处游去。

突然我好像听见太太在呼喊我！

我回过头，看见她已经到了深一点的地方，只露出一个脑袋。海水继续把她朝深水处推拥，她吓坏了，惊恐地大叫着："德东！救我！德东！救我！"

我知道她这时候越惊慌越容易出事。

我张嘴刚要答应她，突然我的心哆嗦了一下！

我蓦地醒了。

准确地说，我是处于半梦半醒的状态。我心里暗暗庆幸，多亏自己在梦里没有答应！

这时候，我竟然真的听见太太在耳边轻声叫我："德东……"

平时，她睡到半夜害怕了，总这样叫我。她的呼唤是那样的温柔，就像夜晚轻盈的海浪，就像冬日静谧的雪花。

我的心又抖了一下。

我一下想到这是要我命的声音。

我睁开眼，看见夜幕中他的脸正俯在我的脸上，等着我说话。

他的脸离我那么近，是那样苍白，令人不寒而栗！

我大叫一声："我不是！你滚开！"

他直起腰身，他的脸扭曲着，突然哭了。

这个可以变化成各种人形的东西，这个可以像空气一样从门缝钻进我办公室的东西，这个可以透视我内心世界的东西，这个可以用现代技术重现我多年经历的东西，这个可以制造海市蜃楼的东西，这个可以有无数条命的东西，他竟然哭起来。

我看见他的脸已经苍老了许多。

他快完蛋了。

他哭着说："你撒谎……"

在阒静的夜里，在黑暗中，他哭得极其无望，极其荒凉，极其恐怖。

我看着他，静静地说："我不是周德东。"

二十二、最后的阴谋

您知道领带

其实是一种含蓄的凶器

最后我把它套在了自己的脖子上

尺寸没一点问题

　　　　　　——无名氏

这一天，我到书店查看我的书销售情况。老板说，卖得还不赖。

感谢各位捧场。

现在我继续为你们写结尾。

离开书店，我去上班了。我活了之后，那个顶替我主编的人就辞职让了位。

我刚进办公室的门，两个警察就来了。其中一个是曹景记。

曹景记！

他的脸不白了，是那种健康的黑红色。他威风凛凛地出现在我的办公室门口。

我看着他，心里想——他是不是那个假周德东的变形？在那个废弃的厂房里，在那个假周德东出现之前，我曾经听见他的声音响起。他是我想象中的影子还是现实里的人？他是我虚构的一个书中的人物，还是真实存在的一个警察？他是不是要杀死我的幻觉的一个组成部分？

我弄不清。

另一个警察在他旁边恶狠狠地看着我。

我又想：这个警察是谁？他叫什么名字？他母亲叫什么名字？他是什么来历？他的脸为什么很红润？他是曹景记的同伙吗？他是那个假周德东的同伙吗？他知道最近发生在我身上的这一切恐怖故事吗？

我问："曹景记，你怎么来了？"

他好像不认识我，冲上来用手铐把我的一只手腕铐上，另一端铐在了他自己的手腕上。

我感到他的神色不对头："我怎么了？"

他一边拽着我往外走，一边粗声粗气地说："有人报案，说你杀人未遂。"

杀人未遂？

我杀谁了？

我的脑海里一下浮现出那个假周德东，那汩汩流淌的A型血，那白纸一样的脸……难道是他？

一辆破旧的警车就停在我家门口。上了车之后，我问曹景记："你能不能告诉我，是谁报的案？"

曹景记看都不看我，说："一个老头。"

一个老头？

我傻了。难道那个老头是他变化的？如果他这样超现实，那么我怎么样都不会有活路了。

我想弄清这是不是一场误会，又问："他长得什么样？"

曹景记变了脸，喝道："啰嗦！"

一路上他再没有说一句话。

一路上我都在想，我还能不能再回来。

到了公安局，我一眼就看到了那个假周德东。

刚刚半个月，他已经老得像八十岁的人了。他满脸皱纹，双眼浑浊，奄奄一息。他的脸没有一点血色，像一个死人。

他缩在公安局一角的长椅上，艰难地喘息着。

他看见了我，那眼神一下就变得恶毒了，我不由打了个冷战。

可我已经不再是周德东。

我现在变成了李沸。

周德东的书上那三个沉甸甸的汉字，不再代表我。

周德东没有了，这个寄生虫，他快完蛋了！

我看着他，心情无比复杂。

他就是我。

我看着他那副样子，心中又有点悲凉——那就是我衰老之后的样子啊。

曹景记指定一个凳子，让我坐下。

他坐在我对面。

那个虚拟的东西坐在我的身后。

曹景记说："你看见了，就是这个老人，他告你要杀死他。"

我看见了物证——那把很旧的三角工具刀，它放在桌子上，上面还有血迹，那是A型血，那是我的血。

凶器无疑是那个假周德东提供的。

曹景记说："现在做笔录。"说着，他打开一个本子，拿起笔。

"你的名字！"

我的心抖了一下。

我转过头，看见那个假周德东正得意地看着我，那双浑浊的眼睛就像回光返照似的，突然放出了电一样的光！

我明白了，这是他的阴谋。

在哪里必须得报上自己的真实姓名？只有一个地方——公安局。

只要我一说我叫周德东，那么他一下就会吞没我，我就完蛋了，他就新生了。

我不卑不亢地说："李沸。"

那个假周德东用尽他剩余的所有气力，歇斯底里地咆哮起来，他在揭穿我："他叫周德东，他不叫李沸！"

曹景记对我喝道："报真实姓名！"

直到这时候，我依然怀疑这个曹景记和那个假周德东有什么关系。不管怎么样，我知道那个假周德东已经快消亡了。我必须拖延时间！

我坚持说："我真的叫李沸。"

曹景记威严地盯着我的眼睛，说："我再提醒你，这里是公安局，请你报真实姓名！"

我平静地说："我没说谎。"

我能感觉到那个假周德东在身后严密地聆听着我和警察的对话。

他坐的那个位置很有利，他能看见我，我看不见他。只要我一说出周德东三个字，他立即就会像鳄鱼一样扑上来把我吞掉。

我继续平静地说："过去我曾经叫那个名字，可现在我改了。"

曹景记眯着眼看我，有点云里雾里。

我感觉到那个假周德东气得快爆炸了，他的身体愤怒地扭动着："他撒谎！"

我回头看了看他，然后对曹景记说："一切都是假的。我没有杀他。"

曹景记："你有没有杀他，你说了不顶事，我们要根据证据说话。现在，我问你姓名！"

我说："我已经说过了，我叫李沸。我已经正式到派出所改了名字。"

说着，我递上我的新身份证。

曹景记接过去仔细看了看，有点惊讶。

我回头再看那个家伙，他已经没有说话的力气了，他的脑袋歪在一边的肩头上，凶恶地、焦灼地、恐慌地注视着事情的进展。

曹景记问："你说一下，8月15日晚上你干了什么？"

"干了什么"——我曾经问过他，现在他问我——"干了什么"。

我说："警察先生，我是一个写恐怖故事的作家。8月15日晚上，我到野外转悠，寻找创作灵感，在一座废弃的厂房里，我看见了这个人……"我回头指了指那个假周德东，然后继续说："我看见他在自杀。"

曹景记很惊诧："你有什么证据吗？"

我说："我有证据。"

曹景记："在哪里？"

我指了指那把旧三角工具刀："就是它。"

曹景记："它能证明你的清白？"

我说："可以。它可以证明他在诬告我，讹诈我，他想整死我。你们别放过他。"

曹景记："你说下去。"

我说："你们可以化验那把三角工具刀上的指纹，很简单的。那上面没有我的指纹，只有他自己的指纹。"

曹景记看了看那个假周德东。

我也回头看了看他。他死死盯住我的眼睛。

他已经动不了了，他在苟延残喘。

曹景记喊来另外一个警察（那是一个能给人带来好运的漂亮女警察），叫他把三角工具刀拿出去化验指纹。

房间里只有我们三个人，三个长得特别像的人。

静极了。

那个假周德东还在死死盯着我，我感到后背冰凉。

我盯着曹景记，我在想他的脸怎么变了颜色，我在想他到底是谁。

曹景记冷冷地盯着那个年迈的报案者。

化验结果出来了——旧三角工具刀上面只有那个报案者自己的指纹。

我确实拿过那把刀。

我确实刺过他。

但是，我的那条胳膊被他夺去了。

他的手其实正是我的手……

那个假周德东突然嗥叫一声，跳得特别高，猛地朝我扑过来——那一嗥绝不是人的声音！那一跃绝不是人的动作！

我敏捷地避开，他一下摔到地上，当场气绝身亡。

曹景记愣愣地看着他，半天没有说出话。

那个假周德东渐渐变成了一堆汉字。都是周，都是德，都是东。

还有一条胳膊。

曹景记抬起头，问："这是怎么回事？"

我说："他就是我跟你说过的那个人。"

曹景记的态度柔和多了，他问："你跟我说过？你见过我吗？"

我看着他的眼睛，琢磨了半晌，突然问："曹警官，你以前知不知道我？"

他点点头，说："知道，你曾经在《女友》杂志社工作。"

我又问："你是不是还给我寄过照片？"

他有点不好意思："那是很多年前的事了，当时我的年纪还小。"

我笑了笑，说："我可以走了吗？"

他说："不过，我想知道这是怎么回事。"

我走到门口，说："等我把这个故事写成书，你就知道了。这本书叫《我遇见了我》，你逛书店的时候请注意。"

我拎起我的那条胳膊，走到门口，回过头来，指了指那堆汉字，说："抱歉，那堆垃圾就得你扔了。"

我回到《夜故事》编辑部，我的助手说："周老师，杨凯找你。"

我问："杨凯是谁？"我现在很害怕听见陌生人的名字。

她说："你怎么了？她是你老婆呀！"

我又呆了。

如果杨凯是我的老婆，那么，那个跟我恩恩爱爱过了三年跟我一起受尽委屈受尽惊吓的女人是谁？那两句"抬头看见黄玫瑰，一生一世不流泪"是怎么回事？

这玩笑开大了。

最安全的人，也许是最危险的人……

Story 2

I Meet Myself

J号楼保安

最安全的人，也许是最危险的人……

一、新生活

我新买的房子，在北京郊区回龙镇王爷花园，J号楼1门101室。

这里远离闹市，空气好极了，夏季有很多叫不出名字的虫子在爬，在飞。其中包括蚊子。我像爱女人一样爱着它们。

这里的人很少，偶尔有人领着孩子蹒跚学步，或者牵着宠物狗溜达。甬道两旁是整齐的草坪和花圃。

住宅区中心是一个人工湖，有喷泉，终日闻水声。

这里的天特别蓝。我经常坐在小院里看天，那是一件很享受的事情。小院围着木栅栏。

有一次，一只蚂蚱竟然跳在了我的脚上。它受伤了，它那双健美的腿断了一条，我小心地把它拿起来，放到院子外的草坪里。当时，有两只鸟站在木栅栏上，咯咯地叫……

没有人知道我住在这里，也没有人知道我这个新居的电话。我想让我的家变得封闭起来，不受外界一丝一毫干扰。

我家的窗子上没有安防盗的铁栏杆，那东西不属于童话中的生活。这里，白天宁静得和夜晚一样，而夜里却有点吵，那是蟋蟀的声音。

住宅区的路灯是传统灯笼的形状，灯光淡淡的，很安详，很温和。它们亮起来的时候，旁边的草木就变得更深邃了。

二、保安J

不知道从什么时候起，我感到越来越不安全了。

我曾认真查找这种感觉的根源，却一无所获。

天还是那么蓝，水声还是那么响，蟋蟀们还是那么赖皮，但是我清晰地感到，正有一种巨大的危险潜伏着，正像藏在宁静的湖水里的一条鳄鱼。它一动不动，像一块斑驳的畸形的石头，但是，它的阴谋和眼珠一起缓缓地转动。它的心脏保持着怠速。

而不知不觉中，我的脚板在离它咫尺远的地方悠闲地走动着……

这到底是怎么了？

每天日出日落，我照常上班下班，为生存奔波。可每次一进入王爷花园的大门，那种可怕的感觉就悄然爬上我的心头。

这天，我开车快到家门口的时候，突然有个人跳到我的车前，我赶紧刹车。

正巧这一段的路灯坏了，还没有修好，黑糊糊的。我打了个冷战。

我从车窗探出头，看见是一个保安，专门负责J号楼安全的夜班保安。他穿着一身蓝色制服，红帽子，红肩章，红腰带。他说："先生，您不能再朝前走了，这里是人行道，请把车停到停车场去，拐个弯，费不了您两分钟的时间。"

我有点恼怒，大声对他说："下次你不要站在我的车前跟我说话！"

他看了看我的眼睛，说："好的，我下次站在路边。"但他并不老实，又补了一句："您下次也不许再从这里走了。"

我恨恨地一转方向盘，开向了停车场。

我不知道他叫什么名字。

这些保安大多是临时招聘来的外地人，我估计，物业公司对他们的了解也只是一张身份证而已。而现在，假证遍地。可以说，没有人真正了解这些保安的底细。

他是众多保安中的一个，他管J号楼，我就叫他保安J。他和其他保安穿一样的制服，只是他好像比他们邋遢一些。

其实，他的衣服并不脏，我想我之所以觉得他有点脏，是因为他的牙又黑又黄。但是，我注意到他的手很白，像女人的手。

那件事之后，我莫名其妙地感到我和他结仇了。

其实没什么，他在工作，阻止车辆驶入住宅区人行道（以前，物业公司并不管这事，大家经常把车开到自家的楼下，一定是有了新规定），可能他阻止过很多人，可能很多人都对他发过脾气，他不会在意。

可是，我还是坚定地认为我和他结了仇。至少，我已经在心里记恨他了。

其实我是一个随和的人，跟人打交道，总是退一步海阔天空。不知道为什么，我偏偏记这个保安的仇了。他说："您下次也不许再从这里走了。"我觉得他在有意和我作对。

三、背后

这天晚上，吃过饭，我和太太在住宅区里散步，说着与工作无关的话。凉风软软地吹着，天上的月亮凉凉的。

"记得咱们原来租房的那些日子吗？"

"唔。"

"三天两头搬家……唉，不愿再想。"

"唔。"

"我那时候最大的梦想就是什么时候有一个属于自己的房子。"

"唔。"

"你怎么了？想什么呢？"太太问。

"没什么。"我说。

我一直在听我和太太的脚步声，我又感觉不对劲了，因为我觉得不仅仅是我们两个人在走。

我是军人出身，经过那种训练的人，步伐总是跟同行的人保持一致。我听见我们的脚步声里，好像夹杂着另一个人的脚步声，很轻，像猫一样收敛。我回头看了看，后面是一条石板甬道，两边是草。路灯幽幽地亮着。前面我说过，路灯一亮起来，那草木就变得更深邃了，此言极是。

太太说："女人要求高，是针对那种物质关系的男人。女人对她所爱的人，其实要求最低，她只要一种安全感。"

我又朝后面看了看。

男人之所以时刻没有安全感，就是为了让女人时刻有安全感。

太太说："你鬼头鬼脑看什么？"

"你看看我脖子后有没有虫子。"

太太在我脖子后面拍了拍，说："没有，什么都没有。"

我和她继续走。

她又说："咱把儿子接回来吧？"

"唔。"

"你今天到底是怎么了？"

我根本没听见太太说什么，我又听见了那脚步声，比刚才还轻，像梦一样。

我猛地一回头，果然看见了一个人——是那个保安J。蓝色制服，红帽子，红肩章，红腰带。

这次他没有躲避，他慢悠悠地走在我们的后面，眼睛看着我。

我怀疑我没回头的时候，他的眼睛一直盯着我太太的腿。她穿着一个大裤衩，露出两条白皙的长腿。她的腿很美，连我都想看。

太太好像察觉了什么，也回过头来。她看了那个保安一眼，又把头转过来，继续说："儿子去他奶奶家有半年了吧？都把我想死了。你不想吗？"

我没有心情谈思念。我有些愤怒，但是我说不出口——他是保安，他在巡查，这是他的工作。

四、地下

这天半夜，我被什么声音弄醒了。

仔细听，不是蟋蟀，也不是青蛙，好像是猫的叫声。

猫是抓老鼠的。

老鼠在夜里出现，它没有脚步声，也不咳嗽。

它偷粮食，咬衣物，还钻进人的被窝里吓人。你感到被窝里有个毛茸茸的东西，很凉，很滑，你一抓，只摸到一根长长的尾巴，就什么都没有了……

由此，我们可以断定，老鼠是阴坏的东西。

我们看不见它，因为它总是出现在我们梦的外面。那时候，我们是虚幻的，它却是真实的。

它跑得像220伏电一样快。人类的速度远远没有它快，于是它胜利了。它不绝种就是胜利了。

那么猫就是绝好的东西了。我们都不强大，我们都依赖正义。赞美就是依赖。

既然猫是好动物，那为什么很多人都害怕猫？是怕它的眼睛吗——猫即使眯缝着眼睛晒太阳，也处于备战状态。那双眼睛确实有点邪恶，可老鼠更邪恶，以毒攻毒啊。

是怕它的爪子吗？猫的爪子确实有血腥气，可那是武器，任何武器都不善良。

我觉得，大家怕猫，是因为它半夜的叫声。

一个人突然发出某种动物的叫声，那不可怕；假如某种动物突然发出人的叫声，那就可怕了。

那猫叫太像小孩哭了。

我竖起耳朵听。刮风了，我听不太清楚。

太太熟睡着。外面没有月亮，她隐在黑暗中，我看不见她的睡态，只能听见她轻微的鼾声和偶尔的磨牙声。

我越来越觉得那声音不对头——其实，那是小孩的哭声，不过是很像猫叫。我哆嗦起来，怎么都止不住。

——刚才是谁说人发出动物的声音不可怕了？

我是无论如何都不会叫醒太太的，我不想让她看见我哆嗦。

我披衣起床，站到卧室的窗前，那哭声好像不在这个方向。我蹑手蹑脚地走出卧室，想到另外的房间听听。

我家的客厅很大，只有臃肿的沙发和瘦小的茶几，显得有点空荡荡。新买的那个饮水机立在客厅一角，模模糊糊地看着我。

灯一关掉，我就觉得那个饮水机在看我。

我很疑惑，自己怎么会有这种感觉呢？

它比我粗一点，矮一点。它没有眼睛，没有鼻子，没有嘴，它只不过是一台南方某厂生产的机器，有凉水，有热水，供主人随时选择……

我三十五虚岁了。

过去，我总是不成熟地说，我已经成熟了。而现在我不再说。这个年龄的眼睛像X射线，看穿了红尘一切——已经看到了人的骨头，那还有什么隐秘吗？没隐秘，那还有什么可怕吗？其实，人心不可测，美好看得一清二楚，险恶也看得一清二楚，就那样子了。这时候，人不可怕了，我突然对那个饮水机充满了恐惧。

这是人类精神对物质的恐惧。

我觉得，它才是真正的巨测。

我不看它，穿过客厅，走进书房，伏在窗子上听，那声音好像又跑到了另一个方向。

我立即来到儿童房，还不对。

我又来到通向小院的落地门前，风从门缝挤进来，像口哨。这时候，那哭声似乎更远了，断断续续。

我甚至检查了卫生间和厨房。

最后，我走过那个饮水机，回到卧室。当我刚轻轻推开卧室的门，突然听到一声刺耳的尖叫——是太太。

"是我。"

"你吓死我了！"

"你也把我吓了一跳。"

"你有没有听见……"

"听见了。"

她一下就抱紧了我："我怕……"

"可能是猫。"

"我听不像猫。"

"那能是什么？"

"我哪知道……"

我搂着太太，继续听那古怪的哭声。天明还很遥远。

那声音越来越飘渺了，或者说风越来越大了。我希望那哭声越来越近，它如果就这样不明不白地消失了，我的心放在哪？

那声音不管你把心放在哪，哪怕你天天拿在手里去上班——它渐渐消隐了。

太太小声说："没有了？"

我说："没有了。"

日子一天天地过去。

住宅区的人还是很少，到了晚上，一幢楼房没有几个窗子亮灯。

甬道上，还有人领孩子蹒跚学步，还有人牵着宠物狗溜达。

两旁的草坪一直没有长高，因为工人不停地用割草机给它剃头。那些工人的表情总是恶狠狠的。其实没有人欠他们的钱，反而是他们欠着别人的钱。

喷泉还在没完没了地喷。我感到，那好像是一种排泄。

前面我提到的那两只鸟，经常落在我家的木栅栏上，咯咯叫。我一直不知道它们是不是鸟，因为它们长得太大了，都有点像鸡了——或者说，经常有两只鸡落在我家的木栅栏上。

还是没有人知道我住在这里，也没有人知道我这个新居的电话。我忽然感到这是一件很危险的事情。

至此，我坚持认为窗子上没有安铁栏杆是正确的，这样，所有的窗子都是逃路，否则，房子就成了笼子。我不认为防盗门可以阻挡一切。

一天半夜，又刮风了。那哭声又出现了，好像是被风刮来的。

当时，太太睡着了。

我没睡。我说过，我时刻没有安全感，就是为了让她时刻有安全感。她在梦中抱着我。这天夜里有月亮，我看见她睡得一点都不安详，皱着眉。

那声音断断续续地飘过来。

我轻轻推开太太，轻轻下了床，轻轻开了门，轻轻来到外面。

风朝我扑过来，我全身一下就冷透了。

我分辨着那声音的来源，可是它忽东忽西，忽南忽北，一点都不固定。最后，我甚至觉得它来自地下。

我有点慌张了，它在水泥地面之下？

我观察了一下四周，眼睛盯住了旁边的一个黑糊糊的门洞，从那个门洞走进去，是一条长长的坡道，顺着它可以走进地下室——那是自行车停放处，没有人看管。

那地下室其实就在我家的下面。

王爷花园离市中心很远，房主大多有轿车，自行车寥寥无几。在这里，它们的功能是锻炼身体，并不是交通工具——因此，地下室就显得很空旷。

我对地下室有一种本能的排斥，可能全中国的人都这样。一走进地下室，我就会想到坟墓，因为它没有窗户。

我喜欢高处，哪怕风大一些。

但是，太高也不行，让我住一百层高楼，我肯定不去，哪怕那套房子是白给的，哪怕它的地段在华尔街，哪怕它再搭配一个印度女仆。

只有平地最安全，因此买房时我选了一层。

现在有哭声从地下室传出来，我知道它是专门给我听的，我必须去看看虚实。

我的胆子并不大，但是我有一个特点，遇见什么可怕的事都不会跑，我一定要摸清它。我朝着地下室慢慢走去。

很黑。

借着外面的路灯光，我看见自己长长的影子投在那条长长的坡道上。（我靠，原来我自己也挺恐怖的！）我走在自己的影子上，渐渐闻到一股潮湿之气——这个地下室设计有问题，一下雨，水就淌进来，都积在了地下室里。

那哭声越来越真切，我断定就在这个地下室里！

我终于接近了地下室，心跳得越来越快。（兄弟，可别说大话啊，换了你，当时心可能都停止跳动了。）

那声音突然没有了。接着，我看见有一个人从地下室冒出来。蓝色的制服，红帽子，红肩章，红腰带。是他，保安J！

我的脑袋一下就大了。

——刚才谁说人没什么可怕的，饮水机才可怕？

他慢腾腾地走上来。

他深更半夜跑到我家地下干什么？

我停下来，压制着狂跳的心，外强中干地喝道："你在这里干什么！"

他看着我的眼睛，半晌才说："你来这里干什么？"

是的，他是保安，他是负责J号楼安全的保安，他深更半夜到地下室巡查是正当的，甚至可以说很尽职尽责。他似乎更有理由质问我。

"你是干什么的？"他又问了一句。这一句就把性质改变了。

我相信，他认识我，我是他的仇人，他不可能不认识我，但是他装作不认识我，于是我成了可疑的人。

我还必须得辩解。我换了一种口气说："噢，我是101的房主。"

他继续问："你怎么不睡觉？"

"我听见地下室好像有动静，来看看。"

"我刚从那里面出来，我怎么没听到？你做梦了。"

他说完，慢吞吞地从我身边走了过去，走到了地面上，走进了风中。我再看那地下室，黑黑的，真的像墓穴。

我悄悄溜回家，太太又惊叫一声。只要我不在她身边，她就会醒。不知道这是第几感觉。

"你干什么去了？"她颤颤地小声问。

"我去卫生间了。"

她惊恐地看着我说："你为什么骗我？"

"怎么了？"

"我刚才去卫生间找过你。"

"……我到地下室去了。"

"你深更半夜到那里去干什么？"

"我看见了一个小偷。"

"偷自行车的？"

"是的，跑了。"

"你这个傻子，万一他捅你一刀呢？又没有咱家自行车……"

谁家的丈夫在他太太心中都比别人家的自行车值钱。世人啊，原谅她吧。

我就躺下了。太太好像怕我再离开似的，紧紧抱住我。

我回想那个保安J，心里越来越不安。此时，他正在风中游荡。人们都进入了梦乡，只有他不睡觉。他没有脚步声，也不咳嗽。他游荡在人们梦的外面。

他随时都可能趴在我家的窗户上，寻找一个漏洞，或者他自己制造一个漏洞，小小的，足够了，然后，静静地观看着熟睡的我和熟睡的太太……

天亮了，天还是那么蓝。

草坪和花圃都湿漉漉的，那是露水。

一两个老人在晨练。

很静，只有太阳升起的声音，树木伸懒腰的声音，鸟儿扑翅的声音。

我开车出了王爷花园。

我似乎忘了昨夜的恐惧，想着今天的谈判。我要跟一个出版人——就是书商——谈价钱，这是大事。我在心里想着技巧，怎样套更多的钱。

有一个苍老的女人，她的头发很脏，牙齿又黄又黑，她推着平板车在王爷花园大门外朝里面张望。她是捡破烂的。

物业公司不允许这些人进入住宅区。这是对的，这些人明着捡，暗着偷。如果不阻拦，那我们房主太不放心了。

有一次，这个捡破烂的女人溜进住宅区，拿了不该拿的东西（一条旧裤子，不知道从谁家的阳台上被风刮下来，掉在地上）。她被保安追得披头散发地乱跑，跑得像220伏电一样快……

平板车上还坐着一个小女孩，大约三四岁的样子，专心致志地啃一个面饼子。不知她是那女人的女儿还是那女人的孙女，因为我判断不出那女人的年龄。

有时候，王爷花园的工人推着清洁车走过来，会给她一些破烂。和她一样，那些工人也是穷人，互相帮一下。

五、孩子

我儿子三岁半，叫红灯。

我小时候也叫红灯。

他最近一直在东北奶奶家。我和太太都太忙了，顾不上照顾他。可是，太太想他想得不行，我只好飞回东北把他空运回来。

一路上，他都在给我讲武松打虎的故事——我可爱的母亲，只会讲这一个故事，根本不像一个作家的母亲。算了，我不提她的名了。

"武松在景阳冈那疙瘩喝完第二碗酒，把嘴巴子一抹，对店小二说——再来一碗！店小二忙说——客官，您不能再喝了！武松大怒——你少磨叽，快拿酒来……"才半年，红灯的儿子红灯已经满口东北话了。

儿子到家后，太太一周没上班，专门陪他玩，几乎把北京好玩的地方都玩遍了。

有一天，我和太太带儿子吃饭回来，把车停好，抬头又看见那两只很大的鸟，落在我家的木栅栏上，咯咯叫。

儿子说："它们找不到妈妈了。"

我说："红灯，假如你找不到妈妈了，怎么办？"

他说："找警察叔叔。"

太太满意地说："真聪明。"

拐过墙角，我在暮色中看见了那个保安J。他正蹲在地上，和一个孩子说着什么。他的手抚摸着那个孩子的脸蛋。

我和他离得很远，但是他抬头看见了我，他就一直那样看着我，一动不动，像蜥蜴。

儿子指着他，兴高采烈地说："看，警察叔叔！"

太太把儿子抱起来，小声说："他是保安。"

"保安是干什么的？"儿子觉得这个世界很复杂。

太太说："保安也是保护我们安全的人。"

"那我找不到妈妈，也可以找他帮忙了？"

"可以吧。"太太不太坚定地说。

这天，我刚走到家门口，就看见J号楼2门前站着几个人，好像出什么事了。

有一个打扮得荣华富贵的年轻女人焦急地说："刚才他还在这楼下坐着呢！"

一个遛狗的老太太问她："到喷泉那里找了吗？"

"找了，四周都找了，没有！"年轻女人说。

还有两个清洁工，其中一个说："我一直在这里扫地，没看见有人……"

年轻女人大声喊："保安！保安！"

我走过去问了问，原来她父亲不见了。那老头有痴呆症。他半个小时前下楼来，现在竟然不见了。

一个白班保安跑了过来，他问清了情况，立即协助年轻女人寻找那失踪的老头……

终于没有找到。

偷一个痴呆老头有什么用？我想多半是他自己走失了。

可怕的是，大约一个月后，那年轻女人的儿子也失踪了！

当时我和太太领着红灯正坐在湖畔看喷泉，那女人急急地奔跑过来，她的眼里燃着火，发疯地奔向了我儿子，终于发现不对，就嘶哑地问我和太太："你们有没有见到一个孩子？"　我摇了摇头，她立即跑过去了。她背后的裙带掉了下来，长长地拖在地上。她跑，那裙带就在她身后跳舞。

"她儿子不见了！"太太惊恐地说，同时下意识地把红灯搂紧了。

接着一群红帽子跑过来，风忙火急地跑过去。大家都在搜寻……

我的眼前浮现出保安J和那孩子说话的情景，他用手抚摸着那孩子的脸蛋……

六、哭

半夜里，又刮风了。

我睡不着，等待那哭声。它像早晨公鸡打鸣一样准，果然又响起来。这次更真切，就飘忽在我家窗外。

我是男人，大人，了不起的人，我应该走出去。可是，了不起的人全身像棉花一样软，站不起来了。

床边是一个落地灯，我把它当支柱，扶着它站起来，又把插销拔掉，端着它，朝外走。

兵器不论长短，那是说会武的人。

我避开了很多弯路，径直出门向地下室走去。

我像醉了酒一般，觉得这世界轻飘飘的，玄忽忽的，不再确实。我像端枪一样端着那杆落地灯，顺着那条长长的坡道，头重脚轻地走下去。

接近地下室的时候，我已经确定那是一个大人在哭，只不过他伪装成了孩子的声音！

我马上猜想到是他，那个和我结仇的人。

王爷花园一天二十四小时都有保安护卫。现在，他值班。半夜的时候，保安部头目经常查岗，假如他不在J号楼附近走动，那就会挨骂。

保安的制度很严格，那头目对房主客客气气，对保安却十分凶狠。一次，我看见他们进行半军事化训练，一个保安出了错，被那头目用皮带抽。

天很热，制服很薄，我听见那皮带打在皮肉上，就像打在装粮食的麻袋上，声音是这样的："噗！噗！噗……"

那个出错的保安，果然和饱满的麻袋一样肥硕，他挨打的表情也和麻袋一样。

其他保安像逃票的观众，张大嘴巴看，一动不敢动。

当时我感觉那头目的神态更像一个痞子……

保安J为什么哭？我想，他不敢睡觉，他是报复睡觉的人。

或者，他想家了。

他头顶上的房间是家，有窗子。从窗子看出去，有圆圆的月亮，有彩色的星星，还有绿茸茸的柳树梢。

下面的房子不是家，没窗子，有潮气，有死气。他坐在黑暗的一角，坐在冰凉的水泥地上，冷得直哆嗦。

他有家，他的家在远方（我们当然不知道在哪儿，也许警察都查不出来）。可是，那个家比这个地下室好不了多少。

在他头顶上睡觉的人身旁有香片，有加湿器，有酥软的女人，有好梦。那梦里有圆满的月亮，彩色的星星，绿茸茸的柳树梢。

他的身边只有积水，气味难闻，还有几辆生冷的自行车。

当我要迈进地下室的时候，那声音好像又不在里面了——突然，我听见有人在低低地问："谁！"

那声音不在地下室里，而是在我背后。

我回头一看，是保安J！他竟然出现在入口处，他和我的中间是长长的坡道。他很高，我很低，他的影子长长地爬过来。他挡着我出去的路。

大风吹着他的制服，抖抖的。

"我。"我被抄了后路，沮丧地说。

接着，我一步步朝人间爬去。我不知道我的落地灯是不是该对准他。

"又是你？"

"我听见有人哭。"

"我也听见了。那可能是猫。"

"不，不是猫。"

他迎着我站在入口处，没有让开的意思。"是猫。"他硬邦邦地说。

我仔细辨别他的口音。

这么多年我四处漂泊，对口音很敏感。谁一说话，我就知道他是哪里人。口音除了地域之分，还有行业之分。有一个艺人，她已经是满口地道的歌星口音，但是，她跟我一张嘴，我就说："前些年，我去齐齐哈尔卖过刀子。"她问："齐齐哈尔是什么地方？"我说："你老家呀。"

但是，我怎么也辨别不出这个保安J是哪里人。

他的普通话很标准，简直跟广播员一样。

每个人都有他的母语，广播员在生活中说话也不是广播员。而这个人把他的母语打扫得一干二净，就像拔掉了身体上所有的汗毛，一根都不剩。

我的汗毛竖起来。我妥协了："可能是猫。"

我走到了他的跟前，我在离他两米远的地方停下了。我在想，假如他的脸突然流血，我就用落地灯砸他……可是，他让开了。

我从他面前走过去。他说："睡吧。我一宿都在你家窗下转悠，别怕，什么事都不会有的。"

回到家，我听见有小孩大声地哭。

这次是儿子。

我来到他的房间，轻轻拍他一会儿，他又睡了。

我这时悟到，哭声细和小，不一定就是小孩，其实小孩哭起来很率直，不遗余力，巴不得别人听见。而那莫名其妙的哭声实际上是在遮遮掩掩。声音细和小，那是压制的结果。

七、二十米

这天，我在家里电脑上敲稿子。

太太去拍片了。她是《瑞丽家居》杂志的主编。我像爱蚊子一样爱她。

红灯在窗外踢足球。

他和我一样不喜欢足球。但是，他跟我一样喜欢这个动作——狠狠地踢，比如踢别人的肚子。

可总是没有人让我们踢肚子。实在没什么可踢，儿子就只好踢足球了。

他的玩具可以开一家小型玩具店了，可是他不稀罕。

我听见他在窗外狠狠踢足球的声音："噗！噗！噗……"那声音很像皮带抽打保安的肉。我在给一家报纸写专栏。我在电脑上写道：有两种人最好时时刻刻都在你的视野里，否则就很危险——一个是你的敌人，一个是你的孩子。

我停下来，听窗外的声音："噗！噗！噗……"

我接着又写道：你的父母看着你长大，他们最了解你的幼稚和薄弱之处，不停地劝告你，指导你，永远不放心。而你的同事、朋友、配偶、上司、下属、敌人……他们开始接触你的时候，你就是成年人了，他们都认为你是成熟的、强大的，因此他们只是默不作声地与你较量……

"噗！噗！噗……"

我构思了一阵，又在电脑上随便敲出两个字：差别……但是接下来就写不出什么了。

这时我探头看了看窗外，差点昏过去——儿子不见了！他的球在那里扔着。另一个小孩正在他家的门前踢足球："噗！噗！噗……"

声音偷梁换柱！

我没有走门，直接从窗子跳了出去。我急急地问那个孩子："刚才在这里踢球的那个小孩去哪儿了？"

他看了我一眼，说："没看见。"

我傻了。

我竟然还写文章劝告别人，我的敌人和我的孩子都不在我的视野里！我是怎么了？

天蓝得像乡村一样。有几朵云悠闲地挂在天上，一动不动。四周很静，只有那个小孩在踢足球："噗！噗！噗……"

这一切景象和我的心绪极不协调，我的天"轰隆隆"地塌了。

我大喊："红灯！红灯！红灯——"

没有人回答。J号楼的白班保安跑过来，问："发生什么事了？"

"我的孩子不见了！男孩儿！"

"几岁？穿什么衣服？"

"三岁半，白T恤，画着小兔子图案，黑灯笼裤。"

那保安立即朝另一个方向跑去了。他一边跑一边用对讲机喊着什么。

我像受惊的兔子一样朝前狂奔，喊着："红灯——红灯——红灯——"

跑过小花园。

跑过物业楼。

跑过运动场……

我一下站住了。

我听见了儿子的声音！

可是，我看不见他的身影。前面不远是一片茂盛的花圃。

我疯了一样扑过去，终于看见了我的儿子——这是多么激动人心的一幕啊！

接着，我就看见了那个保安J。他正蹲在地上和儿子说话，而且他用手抚摸着儿子的脸蛋！

保安J看见了我，并没什么反应，继续对儿子说："我没有，不骗你。"然后他站起身，露出又黑又黄的牙笑了笑，对我说："你这孩子真可爱，追着我要枪。"

然后，他就走了。

我已经不会发怒，我见了儿子，全身都瘫痪了。我抓住儿子的手，久久说不出话。

过了一阵子，我平静了一些，回头看了看——这里离我家有五百米左右。我是绕路跑来的，其实，花圃旁的石板路直通我家。

我朝前看去——太悬了，这里离王爷花园北大门只有二十米左右。出了那个门，就是一人高的蒿子地。

我问儿子："谁带你到这里的？"

我的脸色可能太难看了，他快吓哭了："我自己……"

"你为什么要来这里呢？"

"保安叔叔有枪。"

"他说的？"

"我看见了。"

"在哪儿看见的？"

"我踢球的时候，看见他走过去，手里拿着一支手枪，还举了举让我看。"

"然后呢？"

"然后，他就朝这个方向走了，我就跟着他来了……"

"他看没看见你跟着他？"

"看见了，他不停。"

"刚才他要干什么？"

"我追上了他，那枪就像变戏法一样没了。他说，这院子里没有手枪……你就来了。"

八、说的是什么

春天里风大。

白天，天上飘着各种各样的风筝，蝴蝶、蜈蚣、鲤鱼……魔幻一般在天上游逛。不知道线牵在谁的手里。

晚上，黑夜里飘着哭声，像风筝一样遥远，我始终没有找到是谁牵着它。

那个不幸的邻居，终于没找到她的孩子。

我感觉，那个保安J正一步步朝我家走来。他越来越近了。他在寻找，从哪里进入我家更合适，从窗子跳进来？从地下冒出来？从门缝钻进来？从下水道爬出来？

我不知他到底要干什么，但我知道他要害我。我甚至怀疑他是我哪辈子的仇人。

我觉得我家正被危险笼罩着。

我变得胆战心惊。

有一天，太太和儿子到王府井去了，天黑后，我躺在客厅的沙发上，迷迷糊糊中，我感到有个东西在想心事，它模模糊糊地望着我，思维在涩涩转动——咦，黑暗中有个人躺在沙发上……

它就是那个缄默的饮水机。

我起身去开电视。

只要我看见那些和我一样的追名逐利者在花花绿绿的舞台上上蹿下跳，这世界就立即真实起来，那阴虚虚的幻觉就立即会落花流水。

可是，电视不开。

我的心猛跳一下，赶紧去开灯，灯也不开。

我回头看那个饮水机，它不动声色地看着我。

房间里的光很微弱。路灯被树挡住了，它的光流进来，像发丝一样细弱，刚刚显出饮水机的暗影。但是我看不清它的表情。

不对呀，我看见防盗门上的猫眼有点亮，这说明走廊里的灯亮着，这说明没停电，这说明只有我家黑了。

电话突然响起来。

我认为是太太或者儿子——最近，儿子刚刚学会打电话，他时不时就给正在蹲卫生间的我打电话，详细介绍客厅里的情况。

我抓起电话，听见里面传来一个陌生男人的声音。

我的身上蓦地起了一层鸡皮疙瘩——他的语速很慢，他说的几句话，我一句都听不懂。我判断：那应该不是外国话，但是，那更不是中国话——你说，那是什么话？

关于口音，刚才我好像吹牛了。我没有想到能出这样的怪事。

"你说什么？"我压抑着惊恐问。

他停了一会儿，又说："擦簸呛……否气咩否气……仓夹障搞葵犯焦……犯焦袜颓……咩杂晴晴盆……夯宰翅……"

我说："我听不懂。"

他又停了一会儿，又说："恩晃呸掴……死卯窖骨藏藏欺末……"

他的每句话中间都要停一会儿，有一句话那么长，好像是声音传递太慢，或者是他反应太慢（类似半身不遂患者）。每次，我和他互相不通的语言都对接不上。

他好像在说梦话，好像在自言自语。

他的话就像沙漠一样缓缓地蔓延着。对于我，那些话像沙子一样毫无用处，却不可阻挡地朝我的耳朵里流淌。我严密地聆听他，像从沙子里淘金一样，希望筛选出哪怕一个我懂的词。我甚至猜想，他是越南人，是槟知省或者什么省一个小镇上的人，是岱族或者其他什么族的人，他打错了号，竟然打到中国了，碰巧打到我家了。

可是，如果他打错了，那么他早就应该挂了。而这个人没有放下电话的意思，一直在慢声慢语地说，有时候好像还动了感情，深深叹口气……

我一字一顿地问："你，是，谁……你，是，哪，里，人……你，能，听，懂，我，的，话，吗……"

"噶囊发仄……镖喇亏儿咩肺撕莽弄咳……否气掐啊……"

他和我各说各的。

我不说话了，我屏住呼吸，张大耳朵听——我想捕捉到另外的声音，哪怕一点一滴，比如他旁边有人在说话（哪怕是福

建话或者印度话），比如音乐声（哪怕是《江河水》或者是
《COME ON HOME》），比如汽车声或者驴叫声，比如锅碗
瓢盆的撞击声，比如偷偷的笑声，比如马桶冲水声……

什么杂音都没有，这古怪的声音好像来自黑暗、潮湿、死
寂的坟墓。

我终于把电话挂断了。

接着，电就像老鼠一样跑来了。那电话再没有响……

几天后，太太和儿子又不在家，又停电了，接着那电话又
来了。

还是那个男人，他说着我听不懂的话。

这次我干脆不说话了，我在黑暗中屏息倾听，努力分辨他
的每一个音节，最终也没有找出一点一滴可以沟通的信息。

我觉得，他不是在胡说，那绝对是一个独立的语族，尽管
他的速度慢得夸张，但是他讲话并不迟疑，发音很坚定，我能
感到，他的注意力不在嘴上，即怎么说；而在他要表达的内容
上，即说什么。

"……底固当……卖窨黄次……素请斯盲赖岛烹……角夯
窈废……角夯窈废崴朽……唉……酿妞耨聂剁眩勒……否气咩
否气……"

我什么都听不懂。

我怀疑他来自另一个星球，就像我们落到梦里一样，他十
分偶然地掉在了地球上。

他藏在一个地下室里，已经多日。

在黑暗中，他偶尔发现了一个电话，偶尔碰了一下重拨
键，偶尔打通了我家。他听见了我的声音，就开始讲述他的惊
恐，讲述那地方的潮湿，讲述他回不去家的绝望……

我又把电话挂断了。

就在这时候，电又来了。

奇怪的是，他每次都是趁我太太不在家的时候打电话来。
好像他的眼睛就挂在我家吊灯上一样。每次他的口气都很无

奈，时不时就叹口气。

我试过，假如我一直听下去，他会永远说下去。

而且每次电话来之前，肯定停电。而电话一挂断，电立即就来了。那是一个来自黑暗的声音。

有一次，王爷花园都停电了，路灯连那像发丝一样细弱的光也没有了，房子里伸手不见五指。他又来了。

我还是听他说。

他说着说着突然笑了起来。

他突然笑了起来！我当时毛骨悚然——这不符合他的性格。

他继续笑着，我慌乱地把电话摔了。

我感觉，他不是被自己讲的事情逗笑了，他是实在憋不住了，那笑里含着对语言的嘲弄，对怯懦的鄙视，对愚笨的忍无可忍。

接着，电就来了。整个王爷花园慢腾腾地亮起来。

电话虽然挂断了，但是那笑声并没有消失，它在刺痛我的自尊。

又一天，太太和儿子都不在家，我家又失明了。我像赴约一样坐在电话机前，等候那笑声的结果。

电话反而不响了。

那个饮水机在木木地看着我。

我和它之间是空荡荡的地面，红色木地板，月光铺在上面，根本不像霜。

饮水机想的是：咦，有个人坐在沙发上……

电话响起来的时候，我被吓得哆嗦了一下。我拿起话筒来，里面没声音，过了半天，才传来儿子的声音："爸爸，家里电话怎么一直占线？"

我说："不可能啊，没人打电话。"

太太接过电话说："是不是有人盗用咱家的线路？"

……我刚刚放下儿子的电话，它又响了。这次是那个人。

我以为，他上次已经笑出来，这次他应该说人话了，应该说出他的目的了，什么事都要有个进展。我做好了魂飞魄散的准备。哪怕他说："周德东，在1951年4月4日之前你必须把你的牛马和王爷花园的房契交到村公所，否则，我要你命……"

他说话了，仍然是那种话。

我又把电话挂断了。

我迅速走向防盗门。

从客厅到防盗门之间有十米，中间是一个小走廊。

我刚跑出几步，电"哗"地就来了。

我打开门，看见那个保安J正从楼道里走出去。

楼道的墙壁里有两个箱子，一个是J号楼的电表箱，一个是J号楼的电话箱——那里面电话线错综复杂。

他是保安J，他当然知道J号楼公共门的密码。也就是说，他不仅经常在我家窗前转悠，还可能经常在我家门前徘徊。我甚至相信，他可以在这座楼里任何一户人家的窗前偷窥。

一天，我做了一个梦，梦见他正扒着四楼的一个窗户朝里看，他的脚悬着空，和上吊的人一样，还荡悠着。

九、怪事

天依然湛蓝，树依然温柔地摇曳，停车场里轿车的报警器依然没有叫。

我家门外的报箱和奶箱静静地悬挂，颜色艳丽，象征着生活安定，天下太平。

我订了三种报。这城市太大了，我要知道一天天都发生了什么。

还有奶。那密封的袋装奶，经过了无数道工序和无数双手之后，已经不知道是不是牛产的了，它营养着我们日益挑剔的胃。

这天，我取报纸的时候，看见了一张发黄的报纸。

我拿起来，愣了，那竟是一份1965年8月25日的《北京晚报》。我看见上面有一篇报道画着红圈：《税多如牛毛》——

蒋介石匪帮搜刮民脂民膏的苛捐杂税，真是比恶狼饿虎还要狠毒贪婪，达到了敲骨吸髓的程度。目前台湾全省失业人数已达二百四十多万，许多人倾家荡产，成为赤贫如洗的乞丐。但是，蒋介石匪帮对台湾人民依然税上增税，捐上加捐，巧立名目，开征新税，无孔不入。例如今年开始征收教育捐时，又将户税、货物税、屠宰税各增加百分之三十。从7月1日开始又要征收电灯、电力费临时捐。此外，台湾人民过桥行路甚至倒垃圾也要收取什么"通行费"、"收益费"等，真是名目繁多，无奇不有。

1965年，我爸和我妈还没结婚。

画红圈是什么意思？阅读重点？

两天后，我看见一张更早的《羊城晚报》，是1960年1月14日的，又有一篇报道画着红圈：《读书求"富贵"新时代旧脑筋》——

有个父亲"勉励"孩子："你在学校里要用心读书，将来长大了，才能比别人吃得好，住得舒服，穿得漂亮，出行又有汽车坐……"不教育儿子做共产主义接班人，竟来这套"书中自有黄金屋"，当心脑袋生蛀虫！

又过了两天。

我又看见一张更早的《人民日报》，是1958年8月5日的，画着红圈的题目是：《不要挖别单位的人》。作者是上海市劳动局的，叫孙祖永……

越来越奇怪了。这些报纸现在很难找，都是从哪里来的呢？

我没有把这些事对太太说。在她心目中，我们的家无比温馨，我不想给她制造阴影。

我觉得，这一定都是那个一直藏在暗处的人干的，鬼知道是不是那个保安J。

他想整死我一家。为了不担谋杀之名，他的第一套方案是吓，直到把我们吓死。他的招儿还多呢，等着吧！

我不让太太知道这些事，他的阴谋就失败了一半。

可是，太太不可能不知道。

有一天，我回来得很晚，太太打开奶箱，竟然看见一只死老鼠，就是那种走路无声无息、一声也不咳嗽的老鼠，就是那种跑起来像220伏电一样快的老鼠。

那老鼠死得很惨，肚子被撕开，细细的肠子被拉出来，缠绕着它的脖颈。它那圆溜溜的眼睛睁着，蒙着一层灰。

而那袋奶已经变质，臭了。

太太当时吓得脸都白了，立即叫清洁工把这些东西都扔掉了，又给那奶箱消了毒……

我回来时天都黑了。她对我说了这件事，积压多日的火气都冲上我的脑门，我站起来就走出去，大声喊："保安！保安！"

那个保安J像幽灵一样从楼角闪出来，站在我的面前，他好像一直在等我一样。

我的声音有点哆嗦："到底是怎么回事？你说！"我的手差点指到他的鼻子尖了。

他拿出本子和笔，认真地问："出什么事了吗？我记一下。"

我的声调低下来："有人给我家的奶箱里放死老鼠。"

"奶箱的钥匙丢没丢？"

"没有。"

"还有别的吗？"

我想了想，说："没有了。"

"对不起。以后，我会注意监视你家的奶箱，如果抓住了人，立即通知你。"说完，他收起笔和本子，转身就要走了。

我补了一句："你站住！"

他就站住了，回头看我。他的一个红肩章上有一粒鸟粪。

"我不允许再发生一次。我们花钱养你们，不是白吃饭的，你明白吧？"停了停，我恶狠狠地用东北口音对他说："我不是好惹的！"

他看了我一眼，没说什么，走了。我发现他的眼神很冷。

从此，每次都是我取奶了。

死老鼠没了。

一天半夜，我又听见了那个奇怪的声音，不过这个夜里没有风，我听得极其真切。这次不像人哭，更像猫叫。它好像就在我家门口，就在我家奶箱上。

太太也听到了，她紧张地问我："什么声？"

我说："是猫。"

"猫是这种声吗？"

"可能是野猫。"

叫了一会儿，它不叫了。

太太说："我最近感觉这个房子不对头。"

"别疑神疑鬼，睡吧。"

次早，我和太太起了床之后，太太进厨房做早餐，我去取奶。

我打开锁，看见奶箱里有一只死猫！和那只老鼠一样，它的肚子被撕开，肠子被拉出来，缠在脖子上，血淋淋的。旁边还有一些猫的粪便。

我很恶心，"啪"地把奶箱关上了。

我半天没回过神来。我进了家门，太太问："你什么时候把奶取回来的？"

我一愣，果然看见冰箱里端端正正地放着三袋奶。我一看日期，正是今天的。

我把那几袋奶抓起来就扔进了垃圾桶。

太太问："怎么了？"

我就对她说了那只死猫。她一下吐出来。

他已经进了我的家了！不然，这奶是谁送进来的？

我警觉地检查了一番，门窗都完好无损，那门缝连蚊子都进不来，他能进来？

我大步走到电话前，给保安部打电话。

"叫你们头儿来！"我气咻咻地说。

几分钟后，保安部那个头目来了，后面跟着两个保安，其中一个是白班保安，一个是保安J。

那头目看了看那只死猫，说："能不能是送奶的人干的？"

太太说："我们是他们的顾客，他们不可能干这种事。"

"可是，只有他们有钥匙啊。"那头目说。

我说："不仅有人在奶箱里搞鬼，还有人在我家的报箱里搞鬼。"

"搞什么鬼？"那头目问。

"经常放一些旧报纸。"我说。

保安J一直看着我太太。

那头目回头大声对两个手下说："你们是怎么搞的？"

保安J看了看那头目，没说话。我看他一点都不怕那头目，甚至，他的眼神里还有一丝鄙视。他好像都要笑出来了，我甚至预感到他笑出来的声音跟电话里那个人笑出来的声音肯定很像。

"要是再发生一次这样的事，我就辞了你们！"那头目又对两个手下吼。

白班保安委屈地低下头去。

太太不依不饶。女人都这样。她婆婆妈妈又说了很多，还提起了前些日子半夜那奇怪的哭声。

那头目反复说着好话。

我就拉了拉太太的衣角，让她进屋了。

那头目终于带着两个保安走了。

保安J走在最后……

我突然听见那三个背影中有谁低低地嘀咕了一句："否气咩否气。"

我的心抖了一下，大声问："你说什么？"

那头目正要推开楼道的密码门出去，他回过头来，问："怎么了？"

"刚才你们三个人谁说话了？"

那头目看了看两个手下，问："你们两个说话了吗？"

两个保安都停下，转过头来。白班保安胆怯地看着那头目，说："我没说。"

保安J冷冷地看着我，说："我也没说。"

我避开保安J的眼光，不再说什么。

那头目把密码门打开，他们鱼贯而出……

我肯定，有人说话了，尽管我不知道是哪个人说的。我相信自己的耳朵比猫还灵敏。确实有人说了一句电话里的那种怪话！

十、在雨中

黄昏时分，下雨了。

天很黑，乌云低低地压在头顶，不让一切抬头。

屋外没有一个人。大雨倾盆，一片水汽蒙蒙，那些草木在雨中战栗。

雨水打在我的窗子上，像爆豆一般，它的声音是这样的："噼里啪啦噼里……"

太太跟儿子到岳家去了，我一个人在家。

我打开电视，最先跳出来的镜头也是下雨，也是倾盆大雨，那雨打在窗子上，声音也是这样的："啪啦噼里啪啦……"

我有点气恼，就关了它。

也许转个台就是晴空万里，但是我关了它——本来就不想看，打发时间而已，它竟然也用雨泼我。

我就在黑暗中听雨声。

我突然想，那个保安J一定有我家的钥匙，不然，他怎么能进入我的家?

可是，他从什么渠道得到了我家的钥匙呢？我努力地想……

活着真不易，我要当好一个作家，否则就没有钱糊口；还要具备当侦探的素质，否则危险就十面埋伏；甚至还要略懂医术，至少要知道如何预防爱滋病……

前几个月，我家曾经雇过一个保姆，那个很漂亮的女孩拿过我家的钥匙，后来，因为她长得太漂亮了，太太就把她辞掉了。

再往前，就是半年前我家装修的时候，钥匙曾经交给装修公司的负责人。

再再往前，我刚刚拿到钥匙的时候，一次我来看房子，走时太匆忙，钥匙没有从门上拔下来，开车到了长安街才想起来，急忙赶回去。好在当时是个空房子，好在那个白班保安巡视时发现了它，替我收起来，最后交给了我。

除此，这钥匙再没有经过别人手，跟保安J没一点接触。

难道那个保姆是保安J的女朋友？

不可能，她长得那么漂亮，说是我的女朋友还般配些。

那她是他的同伙？也不可能，她连保姆都不像，更不像罪犯了。

难道是那装修公司的负责人干的？

不会，他的钱估计不比我少。我没听过一个钱多的人偷了一个钱少的人，结果又被抓了。难道是那个白班保安配了我的钥匙，又卖给了保安J？

更不会。那个白班保安一看就是一个乖孩子，也就是那种没什么大出息的孩子。我肯定他不会。

那是怎么回事呢？

我打开一瓶红酒，开始喝。

天色更暗了。

我没有开灯。我不想让房子里的一举一动都暴露在外面的眼睛里。现在，从外面看里面是黑的，我却可以看见外面的一切。

一个人在雨中。

红帽子，红肩章，红腰带。

我一下没了闲情逸致，放下杯，走到窗前，窥视他。

玻璃上淌着水，像一条条快速爬行的蚯蚓，他有点模糊和晃动。

其实，他一点都不晃动。他笔直地站在雨中，不穿雨衣，不拿雨伞，就那样站在甬道中间。我甚至看见他的两条腿中间没有一点缝隙，两只手还摸着两侧的裤线。他的红帽子被浇得有点变形，他的制服紧紧贴在他的身上。

他在干什么？

我这时候怀疑他是个精神病。

有一辆车冒雨开过来，他立即正常地迈开脚，朝前走。那车过去后，他又停住了，继续笔直地站立，像个木头人。

我一直看着他，他一直那样站着。

天光一点点收敛了，那个站姿消失在黑暗里。

十一、照片

儿子非让我领他去动物园，我答应了。

这孩子连真正的小鸡都没见过，这是个问题。他从小到大见到的都是一个鼻子两个眼睛的东西，这样下去他会做噩梦的。

我应该领他去见见另外的动物。否则，大象、长颈鹿、兔子这些东西在他心目中都是动画片中的卡通形象，假如有一天，真的老虎来到他的面前，他一定不认识，还会很好奇地摸摸它的脑门。

那不出大事了啦！

我领着儿子来到停车场，打开车门，把儿子放进去。我抬起腿准备上车的时候，突然看见了一个东西，又把腿收了回来——

没什么，我只是看见车的前轮下，有一个什么东西的角，那或者是一张废弃的贺卡，或者是个空烟盒。

可是我又觉得都不太像，就蹲下身仔细看了看——尽管那个角很小，但我还是可以断定，那是一张照片。

谁把照片扔到我的车轮底下了？这不是咒我吗？

我把那照片往外抽，根本就抽不出来。

我改变了判断——这照片绝不是塞进去的，而是我停车时压上去的。

我上车把车发动着，倒了一尺远，又下车，看那张照片。

我大吃一惊，那照片上正是邻居家丢的那个孩子！他站在甬道中间，喜洋洋地看着我。他的旁边是草坪和烂漫的花树，还有几个卡通式的休闲凳。

他喜洋洋地看着我。只是……他的脸上有血，红得触目惊心。

我用手蹭了蹭，那红色脱落了，都沾在了我的手上。我不知道那是人血还是狗血。

一定有人故意对我使坏。他是提前放在地上的？停车场可以停一百辆车，他怎么知道我的车停在哪儿？

他有我的车钥匙？

我想不明白，但是我肯定这个使坏的人和那个孩子的丢失有关联。

"爸爸，走哇，上动物园！"红灯对红灯喊。

"好好好，这就走。"红灯对红灯说。我把那照片装进口袋，上了车。

"爸爸，老虎吃什么？"儿子问。

我一直想着那照片，心不在焉答道："吃狼。"

"狼吃什么？"

"吃刺猬。"

"刺猬吃什么？"

"吃蛇。"

"蛇吃什么？"

"吃老虎。"

"哇噻！蛇能吃老虎？"

我一愣，蛇怎么能吃老虎呢？蛇怎么不能吃老虎？

那冷森森的东西，那没有骨的东西，那皮色跟草丛一模一样的东西，那不咳嗽的东西，那经常自我拥抱自我温存的东西……

有故事为证，说一个老虎坐在了蛇的洞口上。它只是随便歇一歇。可是，它的屁股就把蛇的光明夺走了。蛇大怒，伸头咬了老虎一口……

"老虎是森林之王，蛇不能吃老虎！"儿子说。老虎是他的偶像。

我差点撞到一个横穿马路的少年身上。我不想和儿子争辩，我要专心致志开车，就说："好好好，蛇吃青蛙。"

"青蛙吃什么？"

"吃蚊子。"

"蚊子吃什么？"

"吃老虎。"

"你骗我，蚊子不能吃老虎！"

在儿子心目中，除了武松，基本上就没有比老虎更厉害的了。蚊子怎么不能吃老虎？

那可爱的小东西，嗡嗡嗡，嗡嗡嗡，飞到西飞到东，像女人一样弱小和无助。它最小了，它实在没什么可吃了，不吃老虎吃什么？

我又一次急刹车，我的车离一个孩子只有一尺远！那个妈妈吓坏了，指着车里的我骂着什么。

今天怎么了？都是那该死的照片！

"别问啦，磨叨！"红灯对红灯吼道。

红灯愣愣地看着红灯。

十二、三条腿的凳子

这一天早上，阳光出奇地好，不想野游的人都会被勾得去野游。

我是想野游的人，但是我有太多的事要做。

我带着一天要解决的五件事出了门。其中有一件出了门就完成了——儿子有一个小凳子，是组装的，四条凳腿都可以卸下来。可是刚买回来，儿子就把一条凳腿弄丢了。我今天要做的第一件事就是，把这个瘸子扔掉。

我把它放在了我家门前，清洁工很快就会把它收走。

我开车行驶在住宅区的石板路上，看见一个楼角躲着一个人。

我提高警惕，把车速慢下来，终于看清了她——是那个捡破烂的女人，她贼溜溜地透过车窗朝我看。

她身后是花圃，那些花摇摇摆摆，无比灿烂。

我为了让她放心，一踩油门开过去。

结果，这天我用一上午的时间就办完了剩余的事。其中有一件不太好办的事，花钱呗，世上无难事。应该这样说，我办了四件平均每件两千五百元的事，其中一件是九千元的事。

我吹着口哨驾车回家。

想一想，我的家果然是可爱的。那些住在市中心的人，到我家这里转一转，那就等于野游了。

我进入王爷花园之前，看见那个小女孩正坐在平板车上等她妈妈（或者她奶奶）。

小女孩长得挺丑的，让人为她的未来忧心忡忡。而且，她的头发上有灰土，没一点光泽。

太阳火辣辣的，她困倦地朝王爷花园里张望。她的头顶没一点阴凉。

我进了王爷花园，看见一群红帽子正聚集在保安部门前，好像发生了什么事。

我把车停下来，终于看见在很好的太阳下，那群保安在推搡那个捡破烂的女人。她被抓住了！

那个保安J也在场，他蹲在一旁，冷冷地看。他的眼神有点幸灾乐祸。我看到了他人性中恶的一面。

还有那个白班保安也没有动手，他露出不忍看的神情。

那女人被推得一个趔趄接一个趔趄。她的脸苦巴巴的，嘴里说着什么，好像是在求饶。那些保安没有一点怜悯她的意思。

我突然看见地上放着我刚刚扔掉的那个三条腿的凳子，我觉得这一切似乎与那凳子有关，就下车跑过去。

我来到保安部门前，听见一个保安说："把她的腰带抽出来，省得她跑掉。"

我大声问："她怎么了？"

"她偷凳子，被我们抓到了。"

"这是我家的凳子，我扔的。"

那几个保安都愣住了。

那女人看看我，又急切地看看为首的那个保安，生怕他不信似的："他扔的，他让我拿走的！"

她改不了撒谎。

"是我让她拿走的，她本来还不想要。放她走吧。"我竟赔着笑脸，把她的谎言延伸下去。其实，我不太可怜她，我是可怜那个在外面眼巴巴等她的小女孩。

为首的那个保安想了想，对那女人喝道："你别让我们再看见你了，记住了吗？"

那女人说："记住了记住了。"然后，她一溜烟地跑了。她没有再拿那个三条腿的凳子。为首的那个保安对另一个保安说："你把这凳子扔到垃圾站去。"

那个保安虽然不愿意动弹，还是嘟嘟囔囔地拎起凳子走了。

十三、另一个人

那个恐怖的电话好长时间没来了。我的心一点点晴朗起来。

这天晚上，我一个人在电脑上敲字。

下雨了，不大，是那种矫情的雨。

突然停电了。窗外的路灯在蒙蒙的雨中坚持亮着。我感到噩梦又要开始了。

果然，电话铃钻进我的耳朵。我打个冷战，没有去接。那铃声一阵比一阵急迫，都快把话筒掀起来了。我似乎看见那个人心急如火，正在电话机里对我喊："我要跟你说话！"

我走过去，颤颤地拿起话筒来。正是他。

他慢吞吞地说："扁囵嘞……匮魔幌岑……补酱么崴叵叵胎……咩否气……"

我诈他，我突然说："我知道你是谁。"

他停了一下，继续缓慢地说："补酱么崴……呸略跋……唉……孤抖……"

这时候，我看见窗外有一个人影，他在甬道中间笔直地站立，没穿雨衣，没举雨伞，他的额头挡在帽子的阴影中，他的脸在路灯下显得苍白无比。

是他，保安J！

我傻了！

电话里的这个人是谁？难道根本不关这个保安J的事？难道保安J背后还藏着一个人？

我的心中涌上巨大的恐怖，过了半晌，我颤颤地对着话筒问："你到底是谁？"

那个人叹了口气："唉……寡塞肚……灭藏拐炝……罚咧秒剖饮水机，囡翟醒岑啊……"

我的心抖了一下，我第一次听他说出一个我懂的词——饮水机！但是我不敢肯定那是不是发音凑巧。

什么饮水机？饮水机什么？

我接着听他说，可是再没有我能听懂的话了。

我挂了电话。电来了。

我坐在明亮的灯光里，忽然想，应该找那个保安J谈一次。原来我怀疑错了。我应该把所有这些事情都对他讲一遍，我要向他讨教办法。

但是我很快就推翻了自己的决定。

我不敢断定他和他是不是同伙。

十四、无言的饮水机

一个月后，我又把儿子送到东北去了，他继续去听他奶奶讲大英雄武松打虎的故事。

最近，我要完成一部书稿，每天在书房打字，很晚才睡。

我写的当然是恐怖故事。

每次我回卧室的时候，都必须经过客厅，那个饮水机就在黑暗中靠墙站着。

我每次经过客厅，都觉得它在想——咦，一个人走过来了……

每次我都缩着脖子加快脚步，像过街老鼠。

自从那怪人怪话里露出惟一一个我能听懂的名词之后，我对这个饮水机更加恐惧。我甚至怀疑它是那个怪人派来的卧底。

我忽然决定，把它搬到厨房去。我不想让它总看着我。

太太不解："厨房没有地方，放在客厅里不是很好吗？"

我死活不说我惧怕饮水机。

一个男人，儿子，丈夫，父亲，连个饮水机都害怕，那怎么能对付歹徒？怎么能反击侵略的外族敌人？怎么能写恐怖故事糊口？

我说："亏你还是大名鼎鼎的《瑞丽家居》主编！饮水机放在客厅里多土鳖呀？"

"我觉得没什么呀。"

"你听我的吧。"

我坚持把它放在了厨房里。

这天晚上，我在书房里打完字，已经是半夜了。我挺直腰身走过黑暗的客厅。

我偶然看了看原来放饮水机的地方，差点被吓昏——那个饮水机竟然靠墙站在原处！

我几步就跑到电灯开关前，想开灯，却停电了！怎么总停电呢？这不正常！我又慌乱地跑进卧室，四处乱摸手电……

太太醒了，她害怕地问："谁！"

"我，是我。"

"你摸什么？"

"手电。"

"找手电干什么？"

"有事！"

我终于摸到了手电，把它揿亮，慢慢走出去。手电的光猛地照过去，那个饮水机来不及躲闪，来不及回归原位，就那样愣愣地站在客厅一角，看着我。

我站了一会儿，回到卧室，对太太说："邪了，那个饮水机又跑到客厅去了！"

太太说："快睡吧。那是睡觉前我移过去的。"

"你移它干什么？"

"放在厨房里怎么看怎么别扭。"

十五、通知

北京郊区回龙镇王爷花园，J号楼1门101室。这里不断发生着怪事，除了我，没有人知道。

这里的空气依然新鲜，这里的飞虫依然繁多，这里的喷泉依然兴高采烈地喷涌……刀枪入库，马放南山，人们总是居安不思危。

我家的木栅栏很通透，小院里有一个小圆桌，两把休闲椅。过去，天黑后我经常在那里坐一坐，草坪灯幽幽地亮着，夜空美好，想点什么都行。

而现在，我很少在小院里坐了。

敌人在暗处。他比蟋蟀还隐蔽。我不知蟋蟀在哪里叫，但是他连叫都不叫。

他并不想永远在暗处，假如有一天他有了一个光明正大的理由，他会跳出来，而且比现在还狠毒。

我家本来有无线防盗电话报警系统，但是我还是觉得不踏实，又老老实实地在窗子上安装了铁栏杆。

太太到欧洲出差了，家里又剩下了我一个人。

我知道那个电话又该来了。我盼着他来。他已经说出了一个我懂的词，我相信他还会再说。现在，我的心像挂在屋檐下的肉干，随风飘摇。假如，我不弄明白这个电话，我的心永远不知道该放在什么地方。

——即使他是外星人，到地球都几个月了，也应该学会几个常用的句子了。

电停了。我知道他来了。

果然，电话铃响了，我接起来。

"咩犟弧乓踏……瓦掐卅蛮埋龟了匪……凿戳命佛哩……"

我打断他："你说饮水机是什么意思？"

"咩厅……掴宰攀逼……咩厅挤肺哐当……"

我又听见他说出了一个词——哐当！但是，我不能肯定他说的是不是那个象声词哐当。"哐当?"

"啃烫仿焦洒……豁来汞汞……"

"饮水机","哐当",我小心地把这两个词都放在了旁边,等待他再说出什么话。我想,慢慢我就会组装出一句话来。那时候我就知道他是谁了,那时候我就知道他要干什么了。

他又不说人话了。

我耐心地听。

"抛丐了配……否气咩否气……嚓整仇恨掴宰热呸……"

"仇恨?"

什么仇恨?仇恨什么?

苍天在上,太阳作证,我没有得罪任何人,更没有害过任何人,我安分守己地过日子,勤勤恳恳地赚钱,养活我的老婆和孩子,尽可能让他们过上幸福的好日子。平时见了年龄大的女乞丐,我还会给一些零钱……

除了那个保安J好像跟我有仇,谁还会恨我呢?

他再没有说一句人话。

次日,我继续等待,他没有来。他没有规律。

几天后,他又来了。

这次,我又在他那些怪话里挑出夹杂在其中的一个"哗啦"。

我把电话摔了。

这是什么屁话!饮水机,哐当,仇恨,哗啦……再高明的作家也无法把它组装出什么意义,何况我一个三流的写手。

我恼怒了,我觉得这个藏在暗处的人是在调戏我。我打电话报警了。

警方还是老办法——他们叮嘱我,等那个人再次打电话来的时候,我要尽可能地拖住他,别让他挂电话。他们很快就会查出那个电话号。

我根本不用拖,只要我不挂电话,他就会一直说下去。

可是,自从我报警之后,他的电话一次都不来了。

中间，太太打过几个电话，因为时差，每次她给我打电话都是半夜，整得我胆战心惊。

这天半夜，电话突然又响了。

我迷迷糊糊拿起电话，正是他！他慢慢地说："抛丐了配……"

我的心狂跳着，轻轻把电话放在床上，轻轻下了地，拿起手机向外面走去。我要到另一个房间去报警。我知道他会一直在电话里说下去的，即使我的手机没电了临时充都来得及……

可是，我要咳嗽。多倒霉啊，我要咳嗽！

看来，老鼠天生是做贼的材料。我强忍着不让自己咳嗽出来，可是我忍不住，那咳嗽就像脱缰的野马一下冲了出来。

我知道已经控制不住局面了，急忙用袖子把鼻子和嘴捂住。好在这时候我已经进了书房，电话里的人应该是听不见的。

我报了警，立即回到卧室，轻轻拿起电话。他仍然像半身不遂的病人一样说着话。我拿起电话后，听见他说："再……"

过了半天，他还没有下文。话筒里静得吓人。

"再……再什么？"

他终于又十分缓慢地说出了一个字："见……"

然后，他就把电话挂了。这是他第一次先挂电话。

我愣了好一阵子。

我警觉地朝吊灯上看了看，上面落着一只蚊子。

十六、面对面

天蓝如洗，水声哗哗地响。

从表面上看，一切都和往常一样。只有我发现，住宅区的夜晚出现了很多怪模怪样的飞虫。它们的头光秃秃的，静默地飞来飞去。自从它们来了之后，住宅区里其他的飞虫都消失了，包括蚊子。蟋蟀也不叫了。

它们飞行在夜空中，从不落地，我看不清它们的长相。

有一天，我终于在小院里看见了一只怪模怪样的尸体（它们专门为我送来了供我观瞻的标本）——个头很大，生着毛茸茸的翅膀。没有眼睛，没有触角，没有鼻子，没有嘴……

一到了晚上，四周一片阒静，撩开窗帘，就看见没有五官的它们围着路灯翩翩飞舞。

到了白天，它们就消失得无影无踪。

它们的到来是向我通知什么吗？

工作照常。我没有对我的同事说起这件事。我觉得谁都帮不了我。

这天，我刚刚把车开进王爷花园的大门，快到家门口的时候，突然又有一个人出现在路边。他透过车窗看着我，没有表情。

是他，保安J。蓝色制服，红帽子，红肩章，红腰带。

我犹豫了一下，把车停下来，探出头，想和他说几句什么。我想知道他是哪里人，叫什么，多大，有没有女朋友……

他先说了话："请你下次不要把车停在路中间。"

我把车朝路边动了动，然后说："你还没上班吧？"

"没有。"

"到我家喝酒吧。"

"不，我不喝酒。"他似乎笑了笑。

"我找你，还有点私事。"

他看了看别处，说："那好吧。"

"来，上车。"

"我走过去。"

我把车开到停车场，他已经走到我家门口了。

我太太是家居专家，我家虽然不是很豪华，但是很别致，很特殊。凡是第一次到我家的人，都会忍不住夸奖一番。

可这个保安进了屋，看都不看一眼，他低头换上拖鞋，穿过小走廊，径直来到客厅，坐在沙发上。我觉得他好像对我家轻车熟路。

我端出奶酪，倒了两杯葡萄酒。我故作悠闲地问："你好像没有休息日？"

"我晚间上班，白天休息。"

"来，喝酒，这是波尔多。"

他端起来小心地喝了一口。我看见了他又黑又黄的牙，以及他握杯的手，正像我说过的那样，那手很白，像女人一样，或者说像婴孩一样。

聊了一阵子，我说："你管这座楼，以后，多关照关照我这个房子——最近，总出一些莫名其妙的事。"

"没问题。我天天夜里不睡觉。"他又喝了一口。

"你家不在这里，有什么难处，你尽管对我说。你家不在这里吧？"

"不在。"

"你原来是干什么的？"

"修表，开锁，卖馒头，开农机车……"

开锁？

记得我在古城西安居住时，曾经有一次门锁出了故障，我开了几个小时，怎么都打不开。那是防盗门。

天黑了，太太急得团团转。我绝望了，甚至想用大炮把门轰炸开。

最后只好打电话找职业开锁的人。

大约半小时之后，开锁的人就到了，他很瘦小，眼睛很警觉。我感觉他的衣着和神态更像一个小偷。

他从袋子里取出一些神秘的工具，背对着我和太太，只用了几分钟就把那锁打开了。

我付了钱。他转身就走了，始终没说一句话。

当时，太太看着他的背影说："假如，他再来……"

是啊，他再来怎么办？束缚他的仅仅是职业道德了。

我觉得，这种专门为人开锁的人，就是跟秘密打交道的人——能破解所有秘密的人，是最秘密的人。

我又开始怀疑这个保安J了。

这个城市有无数个家，有无数个门，有无数个锁。对于他来说，任何人家的门都是虚掩的……

"后来怎么不开车了？"

"出事了。"

"撞人了？"

"压死了一个小孩。男孩。"他冷冷地说。

"开车总是有风险的。"我嘴上这么说，心却一冷。

他看着我的眼睛，慢悠悠地说："我没跑。我想，赔多少钱都行，哪怕让我当十年佣人。其实错不在我……小孩都死了，说这些没意思。可是，那家不让。那家有钱，不要钱，就想要我命，花多少钱打点都行。我就跑了。"

"前些天，我在我的车轮下看见了一张照片……"

"什么照片？"

"2门丢了一个小孩，你知道吧？就是那小孩的照片。他满脸都是血。"

"那真是怪了。"他淡淡地说。

我一直观察他的眼睛。那是一双超越一切演技的眼睛，始终木木的，即使刮十二级大风，照样古井无波。我甚至怀疑那是一双假眼，因此，我判断不出他是不是在撒谎。

我举杯喝了一口葡萄酒，突然说："我想问你一件事，你别介意啊。"

"你说吧。"他也喝了一口葡萄酒，然后把水晶酒杯放在水晶茶几上。他的动作像猫一样轻，竟然没有一点响声。

"我……怎么看见你总在雨中站着？"

他突然看了看表，说："时间到了，我得走了。"

没等我反应过来，他已经走向了门口。

"哎……"我站起来。

他不看我，一边换鞋一边说："再见啊。"然后，他开门就走出去了。然后，门重重地被关上。

他忌讳提这件事！为什么？

我傻傻地站着，心里想：虽然我给他喝的是纯法国酒，但是最后我的问话又让他跟我重新结了仇。

——我打开了他某一把锁。

十七、邻家小孩

这天，吃过晚饭，我在住宅区里散步。

夜很黑，路灯就显得挺亮。那些奇怪的虫子还在静默地飞。它们那毛茸茸的翅膀在灯光里显得更加毛烘烘。

我觉得是两个人在走，另一个人的声音很轻，像猫一样收敛。

我回头看了看，后面是一条石板甬道，泛着青白的光。有一个什么东西在爬，是那种没有五官的飞虫。它爬得极快，转眼就钻进草丛里不见了。

我又继续走。我这不是在散步，是在经历一个恐怖故事。

走着走着，我感到后面的脚步声真切了许多。

再次回过头，那个飞虫又从草丛里爬出来，我停下后，它又钻到草丛里去了。

我转过身，慢慢走过去。我产生了一个决心——踩死它。它是我的敌人。

终于，它又从草丛里露头了，我一脚踏过去，把它踩在脚底下。我感到它很坚硬，好像不是肉身，是石头。

它终于死了。

我的心莫名其妙地慌张起来，好像杀了人一样。

接着，我就看见，有无数没有五官的飞虫朝我飞过来，把天空搅得乱七八糟，它们围着我乱飞，仍然无声无息。

我在飞虫中穿行，心中无比恐惧。我听见有很多的脚步声。

突然，迎面出现了一个孩子，他站在甬道中间，喜洋洋地看着我。他的脸上没有血。

是他，那个丢了的孩子！

我停住脚步，心猛烈地跳起来。

"叔叔，你看，有这么多虫子，真好玩！你帮我抓一个，好不好？"

"它们飞得太高了，我抓不着。"我盯着他的脸说。

那孩子有些失望，捡一根树枝跳着打。

"你不是丢了吗？"我问。

"我又回来啦。"他专注地打飞虫。

"谁把你送回来的？"我又问。

"我是和外公一起回来的。"他一直打不中，累得气喘吁吁。

这时候，传来他妈妈呼喊他的声音——那女人已经杯弓蛇影了。他扔下树枝，一溜烟地跑了。

我当晚就找到了他家，向他妈妈问起事情的原委——这孩子真的是和他外公一起回来的。那老头痴呆，一问三不知。这孩子太小了，也说不清楚。他只是说，领他走的那个人是男性，他的脸是京剧脸谱。他还说，那个人说的话一句都听不懂。

十八、母亲

这夜，刮大风。

风把那恐怖的哭声又送到了我的耳边。

没有太太和孩子在身边，我的胆子反而大了许多。胆子大了许多，判断也就准确了许多。它就在地下。

我从我家里不能走到地下去，入口在外面。

我走了出去。出门前，我揣上了一包纸巾。

外面很冷。想起那次端着落地灯走出去，我感到很滑稽。一个落地灯能抵御什么？

我现在改变了观念，觉得住一百层高楼是一件幸福的事，在不在华尔街，搭配不搭配印度女仆都不重要了。一层离地下太近了。地下是文物，是尸骨，是梦，是埙的声音。

高楼离明天更近一些。

我一步步走近地下室。那哭声跟我捉迷藏，突然又没有了。

这时候，从地下室里慢腾腾走出一个人来。蓝色的制服，红帽子，红肩章，红腰带……虽然这里很黑，可我还是认出他是保安J。

我尽量显得很沉着，把纸巾高高地递向他。

他没有接，他说："出去吧，没什么好看的。"

我一步步退出地下室入口。他也走出来。

他问："你还记得那个捡破烂的女人吗？"

"记得。"

"她死了。"

"怎么死了？"

他没有回答我，反问："你知道她儿子是谁吗？"

"不知道。"

"他也是J号楼的保安，白班的那个。"

我愣了："前些日子，那个女人捡了一只三条腿的凳子，那么多保安打她，她儿子为什么不阻止？"

"他一直隐瞒着这种关系。"

然后，保安J挡在我的面前，木木地看着我，淡淡地说："你睡吧，没什么事。"

他在等着我回家。似乎如果我不走，他就不会离开。

我转过身，打开密码门，进屋了。我感到他一直在身后看着我。

　　躺在床上，我感到事情变得越来越复杂。

　　保安J告诉了我什么？到底是谁在哭？那个白班保安？他自己？或者……是那个捡破烂的女人？

　　他在风中缓缓地游荡，他在人们梦的外面缓缓地游荡。世人皆睡，惟他独醒。他对这个黑的世界了如指掌。

　　还有一个人，那个人被挡在这个保安J的后面。

　　保安J把他覆盖了，保安J的身材跟那个人差不多一样大小，他把他覆盖得严严实实，以至保安J在我眼前晃荡了几个月，我才看到他的身后露出了一个衣角，才发现他的身后还藏着一个人。

　　这个人是谁？是那个乖孩子？是那个没什么大出息的人？

　　我觉得，这个人不仅仅是趴在谁家的窗户上静静地观看，他还会像梦一样渗透任何一家，无声无息地坐在床边，抚摩睡熟的人，像念经一样说着那谁都听不懂的怪话。

　　那怪话像无孔不入的虫子，它们爬得飞快，径直冲向睡熟的人，迅捷地钻进他们的耳朵眼。不知道它们进了耳朵眼之后的去向，反正都没有出来，还在一条条地朝里钻着……

　　最后，那个人的躯壳里就被蛀空了，变成了虫子的家。那些虫子在里面翻滚着，曲伸着，抓挠着……

　　天慢悠悠地亮了，太阳蔫头耷脑的。草有点老了，花也有点老了，它们身上的露水也不那么重了。

　　有一两个老人在晨练。他们在和寿命掰手腕。

　　天一亮，那些没有五官的飞虫就不知道到哪里去了。

　　这天，我开车出了王爷花园，果然没见到那个平板车，也没见那个捡破烂的女人和那个小女孩。那条路上，显得有点空荡荡。

十九、目击

远在东北的儿子打电话来，他给我讲《武松打虎新编》。

"……武松喝得太多了，使尽全身招数也打不过那老虎，眼看就被吃掉了，他撒腿就跑。武松是天下第一大英雄，跑得还是非常快的，一般人追不上。老虎追了一阵子，没追上，就不追了。它也不想吃他，它刚刚吃完狼，那狼肚子里有一只刺猬，那刺猬的肚子里有一条蛇，那蛇的肚子里有一只青蛙，那青蛙肚子里有一只蚊子——它吃了这么多食物，当然不饿。它正得意，突然，漫天飞来很大的毒蚊子，它们饿了。它们凶猛地扑到那老虎的身上，吸它的血，像给它穿了一件黑毛衣。这件脱下后，又换上一件。这件脱下后，又换上一件……老虎换了很多件黑毛衣之后，就死了。这时候，武松回来了，他看见了死虎，立即来了精神，扑上去猛打，架势很勇武，正巧有人路过，见到这景象，大惊，立即回村子把消息传开。大家就来了，给武松戴上大红花，敲锣打鼓把他抬回了村子……"

这绝对是我妈教的。我妈叫隋景云——作家的母亲。

几天后，儿子又给我打电话。

他说："爸爸，昨天，有个北京的叔叔打电话来，说是你的朋友，问我喜不喜欢京剧脸谱。什么是京剧脸谱？"

"就是面具……"我呆呆地说。

他竟然知道我父母家的电话！他的胳膊伸得太长了！

这天夜里，我又要打字。

我把那个饮水机又一次搬到了厨房里。我还是不想半夜回卧室的时候见到它。

我写的还是恐怖故事。在这部书里，我写到了这个饮水机，写到最后，我自己都有点毛骨悚然。

将来你们可能会见到这部书。其中的一个情节是——半夜，在黑暗中，那个无言的饮水机自己端起一个杯子，打开自己身上的出水开关，给自己倒了一杯水，然后喝下去……

半夜我回卧室的时候，经过客厅，又看了那个角落一下，空空的，它没有回来。谢天谢地，它没有回来——太太没在家，如果它再回来，那我就只有逃命了。

我睡着之后，被一种细碎的声音弄醒了。

我有个特点——身边不管有多大的声音，只要它是光明正大的，哪怕是学生朗读课文，哪怕是吵架，哪怕是唱戏，我都可以睡得踏踏实实。

但是，假如有一个鬼鬼祟祟的声音，比如老鼠走过，哪怕它很轻很轻，哪怕它不咳嗽，我都会醒来。

我觉得我有第三只耳朵。

声音来自客厅。

我想到了我写的故事中的一个情节——那个饮水机在慢慢地走动。客厅很宽阔，月光铺在上面，正是踱步的好地方……

那声音真的很像什么在走。

我蹑手蹑脚地走出去。

来到客厅，我的头发都立起来了——饮水机又回到了客厅！

我想开灯，没电。

我摸索着找到手电筒，手忙脚乱地揿亮它照了照，饮水机真的从厨房回到了客厅！它静静地立在那里，没有任何表情。

它就是一个物品，没什么特异之处。

我跌跌撞撞地回到卧室，把房门关得紧紧的。

我没有关掉手电筒，它的光柱照在关得紧紧的房门上。我发誓只要让我活到天亮，我一定把那个饮水机扔掉！

天亮了的时候，手电筒的电池奉献出了最后的能量，灭了。我出尔反尔，又改变了主意——我要把那饮水机卖掉。

我来到王爷花园外，寻找收购旧电器的人。我想，要是那个捡破烂的女人还活着，我说不定真会把这个饮水机送给她。

　　没有人收旧电器。

　　我转了一圈，又回来了。

　　走过人工湖的时候，我听见有人在凉亭里唱京剧。

　　喷泉停了，我听得很清楚。只是，我听不懂那唱词，我觉得那唱词特别像电话里的那种奇怪的语言！

　　我朝凉亭望过去，看见了那个白班保安。蓝制服，红帽子，红肩章，红腰带。

　　我大步朝他走过去。

　　他看见了我，停止了唱，谦卑地对我笑。我觉得他的面庞很有京剧脸谱的味道。

　　我站在他身旁，没有丝毫笑意，直盯盯地看着他。

　　"你唱的是什么？"我问。

　　他不好意思起来，说："自己瞎编的词。"

　　我又问："我怎么听不懂？"

　　他笑了笑，说："我自己都不知道唱的是什么，随便唱着玩儿。"

　　他太可疑了。尽管他的表情挺诚恳。

　　我在石凳上坐下来，很凉。过了一会儿，我突然问："你经常打电话吗？"

　　他不解地看着我："给谁打电话？"

　　"给不认识的人。"

　　"你真会开玩笑，我给不认识的人打什么电话？"

　　"我把我家电话号码告诉你吧，闲着的时候，你可以给我打。"

　　他愣了愣，说："好啊……"

　　接着，我就说出了家里电话号码。

　　他低声重复了一遍，然后说："我记住了。"

　　我说："今晚我等你电话。"

他又笑了："没事儿我不会打。"

"你随便吧。反正我也没事儿。"

"现在几点了？"他突然问。

"可能快九点了。"我说。

"我得走了。我在值班。"他一边说一边走出凉亭。

我在他身后说："哎，我有个饮水机送不出去，你要吗？"

他想了想，停下来，转过身说："为什么要送人呢？"

我说："我不喜欢不听话的东西。"

——我在和他斗争。

假如他就是那个藏在暗处的人，那他一定是个精神病；假如他不是那个人，那我在他的心中就是个精神病——大家回头看看，我都说了些什么！

"饮水机会听话吗？"他差点笑出声来。

我说："我想买一台更好的，有热冷温三种水那种。"

他说："你有别的东西吗？"

"你还想要什么？"

"不是我还想要什么——你整个家我都想要——是你还想送什么。我只是不想要饮水机。"

"为什么？"

"不为什么。"

"肯定为什么。"

他想了想，说："我没家，没地方放它。再说，我喝自来水，纯净水太贵，我也喝不起。"

"我还有几包纸巾要送人。"

现在是光天化日，现在是我的天下，我的口气咄咄逼人。

他又笑了："送纸巾？"

"是。是那种吸水性很好的纸巾。"

"我要它干什么？"

"擦眼泪啊。"

"我从来都不哭的。"

"你妈去世你没哭？"

"谁说的？"

"听说的。"

"我妈没有死。"他的口气一下变得又冷又硬，"她很健康！"

我不理会他的话，继续说："你妈挺可怜的。"

他的眼睛里闪过一种强烈的光，很快又熄灭了："可怜什么？子孙孝顺，衣食无忧。"

我感觉他说这些话的时候微微哆嗦起来。

然后，他就快步走开了，很快消失在一座山的后面。假山。喷泉突然像怪兽一样从湖的中央蹿起来，响声惊天动地。

我一个人坐了一会儿，越想越糊涂。后来我干脆就不想了，又一次来到王爷花园外转了转，终于看见了一个收旧电器的人。他蹬着三轮车，穿得很整齐，抽着烟卷。

我叫住他，跟他谈价。

我说十，他说一，我说八，他说一，我说六，他说一，我说四，他说一，我说二，他说："OK，成交！"

我真想给他一耳光。

就这样，我把我的饮水机打两折卖了。那收旧电器的人把我的饮水机拉走时，嘴角上挂着喜庆的笑。

我亲爱的太太再过一周才能回来。

晚上，我一个人在家里看电视。是一个国产电视剧，剧中有一个男人也在看电视。

那个饮水机终于没有了。尽管那个角落有点秃，但是我很高兴。

我其实什么都看不进去，我继续回想上午和那个白班保安的对话。

他现在下班了。他现在不是保安，那他是什么？他在哪？地下室？楼顶上？

电视里的那个男人还在看电视，突然电视里的电视自动关闭了。那个男人站起来，检查电源，还没有查出结果，我的电视也自己关闭了。

我也起身检查电源，停电了。

电话响起来。

他来了。

我说过今晚等他电话！

我接起来，真是他。

他的语速一如从前："擦匹匹簸呛……否气咩否气……仓夹障搞葵犯焦……犯焦袜颓……咩籴晴晴盆……夯宰翅……"

我说："我的饮水机卖了，两折，还不如给你了。"

他停了一会儿，又说："恩晃呸……发囡嘞……匮魔幌岑……补酱么崐叵叵胎……"

我不理会他，又说："纸巾我没卖，给你留着。"

他停了一会儿，继续缓慢地说："补酱么崐……呸略跋……孤抖……"

他依然像说梦话一样，依然像是自言自语。

"你妈到底是怎么死的？"我问。

"……底固当……卖宿黄架莽次……素请斯盲赖岛烹……角夯窃废……角夯窃废崴朽……酿妞耨聂剃眩勒……"

"我再告诉你一个手机号吧，省得你找不到我。"

他突然哭了起来。

他突然哭了起来！哭得极其悲伤。

我不说话了，静静地听。他的哭声很暗淡，很遥远，来自一个很阴暗、很潮湿、很贫穷、很不吉利、很没有希望的地方……

我的眼睛一直看着窗外。

月亮是猩红色的。路灯幽幽地亮着，那些没有五官的飞虫还在全神贯注地飞舞。

他终于不哭了，又开始说话："胆拔诺炝款呢……唉……腮蹦掀……"

这时候，我的视线里出现了一个人，蓝制服，红帽子，红肩章，红腰带。

是他，是那个白班保安！

他一下一下地跳着，伸手抓那些没有五官的飞虫。好像那些飞虫都是他淘气的孩子，他要抓它们回家。

这电话里的人不是他！

还有第三个人？我快崩溃了！

他是谁？他在我的智慧达不到的地方？

我甚至怀疑第三个人是我自己，我怀疑这一切都是我的幻视幻听。

我像傻了一样把电话挂断了。

电没来。

我打电话问，物业公司的答复是：J号楼线路故障，正在抢修。

那个白班保安一直没有抓到什么，可是他还在一下一下地跳。他现在不上班，现在上班的是保安J。

保安J不在我的视线里。他不在任何人的视线里。

我把窗帘拉上了。房间里一片漆黑。

我退到卧室，把门锁上。电话没有再响。

我躺在床上，却怎么也睡不着。我从头至尾回忆这一系列的恐怖事件，寻找自己的纰漏。我觉得，自己确实有很多失误，可是那个藏在暗处的人却始终天衣无缝。

快半夜的时候，我渴了。我忽然想到，我喝什么？纯净水没有了，冰箱里的果汁也喝光了，我总不能喝自来水。

我决定明天再去买一个饮水机，买一个更矮的，离人形远一点的。

客厅里有声音。我好像又看到了那个饮水机自己给自己倒水！而且，那声音越来越鬼祟…… 我想我得出去。

我没有拿武器。我没有武器。我的武器就是我软塌塌的一点勇气。

我来到客厅，借着幽暗的夜色，看见墙角立着一个东西——那个饮水机又出现在了它原来的地方！

它见我出来了，突然从通往小院的落地门冲了出去。它没有脚步声，也不咳嗽，动作像黄鼠狼一样敏捷。

我没有追。

有腿的东西怎么能追上没腿的东西呢？我不笨。

我靠在墙壁上平静了一下，到卧室拿来手电筒揿亮，四下查看。

那个饮水机不见了，它一定是越过我家的木栅栏，穿过小院外那片新栽的柏树丛，逃掉了。 我低头看，一只红肩章落在地板上。

我弯腰把这物证收起来，若有所思。

二十、复制

次日，我提前下班回家了。我到保安部，找到那个保安头目，把最近发生的这些恐怖事件又对他讲了。

太阳挂在西天，像个蛋黄儿一样，很温柔。当时，保安部里只有我和他。他听着听着，吓得脸都白了。这没出息的。

我讲完昨夜发生的事，掏出那只肩章，递给他。

"你看，这是你们保安的肩章，落在我家里。"

他看了看，说："有没有丢什么东西？"

"没有。"

"这事就奇怪了。"

"不奇怪我就不会来找你了。"

"我查一查。有了消息，立即告诉你。"

"你要小心。"

他没有主张地看了看我，眼神里有一点感激。现在，他根本不像那个用皮带抽打手下的人。

我离开保安部的时候，天快黑了。

我家的小院依然安详。那两只像鸡的鸟又飞落在木栅栏上，咯咯地叫。小院外，那一片低矮的柏树郁郁葱葱，缺一点靓丽的色彩。

树旁，有两个人在密谈。

我走近之后，这两个人就停止了说话，一起朝我看。他们正是J号楼的白班保安和夜班保安。

在沉沉的暮色中，我突然发觉他俩的眼睛很像，像同一双眼睛，或者至少是同一个母亲制造的眼睛。而在白天，我从没有这种感觉，我甚至都没有想过他和他是亲戚。

我打了一个冷战。

他们一个白班，一个夜班，一个太阳一个月亮，他们不应该一起值班，那他们站在一起干什么呢？

我直接走过去，说："哎，你们干什么呢？"

尽管他们是保安，可他们现在鬼鬼祟祟地站在我家木栅栏外，我应该问一问。这狂乱的年头，谁都不可靠。

白班保安首先回答了我，他说："我交班。"

那个保安J接着说："我接班。"

交接班还用躲在树丛里吗？

我站在他们跟前，直盯盯地瞅着他们，毫不掩饰我的敌意。

"你干得挺好。"我把眼睛转向木栅栏上的那两只鸡，说。

他俩都看我，不说话。

"只是，我想知道，那些旧报纸你是从哪里弄的？图书馆？"

那个白班保安低低嘟囔了一句什么，然后，他走开了。

我转过头，看着他的身影，又说："……还有那些死老鼠。多杀一些老鼠是好事，但是你不该杀猫。猫惹谁了？"

我是故作洒脱。其实，说这些话的时候，我的心跳得像兔子。

保安J直直地看着我，也一步步后退着走开了。

剩我一个了。我很没趣，进了家门。

一个身影在窗外一闪而过，像那个白班保安，又像那个保安J。

之后的几天，我急切地寻找我的敌人。我要继续对他们说胡话。我要以毒攻毒。

可是，我一直没有发现他们。

三天后，又下雨了。那雨很大，打在我的窗子上，声音一如从前："噼里啪啦噼里……"住宅区笼罩在水雾里，没有一个人影。

保安部那个头目打来电话："周先生，那两个保安都辞职了。"

"他们怎么跟你说的？"

"没说什么，突然就不见了，已经三天了。"

"那是失踪。笨蛋。"笨蛋两个字应该在引号外，因为这两个字我是在心里说的。

他们走了。

以前的事情都别想解密了。

我一下觉得有点疲惫，甚至有点力不胜支的感觉。

尽管我没觉得怎么样，但是，这么长时间，我一直承受着巨大的压力，我一直在用意志和他们做着较量。

我们一直都在互相玩手腕，一直都在掰手腕，我们彼此都使出了全部的力量，我们的力量都在爆发点上。我们的手腕没有倒向左边，也没有倒向右边，我们的手腕一直在颤抖着，僵持了无数个日子……

我想好好睡一觉。

这样一想，我马上付诸行动，四仰八叉地睡了一天一宿。我从没有睡得这么香，真痛快。没有五官的飞虫一下都消失了，蟋蟀又在夜里叫起来……

醒了之后，我忽然觉得有点寂寞。

天太蓝了，花草太整齐了，散步的人太悠闲了。

记得小时候，天就是这么蓝。傍晚，我和几个小朋友埋伏在土路边，假想有敌人出现。果然有一个黑影走过来，我们毫不犹豫地认为他就是敌人，越看越觉得他鬼祟，就扔土块和他战斗。那人就逃跑了，或者追过来，这时候，他真的就成了敌人。游戏于是惊心动魄起来。

还有，儿子、太太和我在一起的时候，太太总要和儿子结成联盟，我就成了坏人。"爸爸讨不讨厌？""讨厌。""咱们跟不跟他好？""不。""打不打他？""打他。"在一个祥和的家庭里，必须得有一个反动派，不然就乏味了。

还有，这地球如果永远太平，那也是寂寞的，甚至会影响人类的进化。于是，战争时不时就要打起来。这是人类的一种排泄方式。

我现在没有对手了，生活清澈见底。而我像吸毒的人已经上瘾一样，恐怖不存在了，我反而觉得无事可做了。

最后，我干脆去逛商场了。

在太太回家之前，我又买了一个饮水机。这个的模样很憨厚。

这天，我开车到一个朋友家喝酒。

他开一家法餐厅，很有钱。这房子是他的第三居室，他在这里养着他第三个女人。

我家在北郊，他家在南郊，挺远的。

我进了小区之后，看见有两个保安在一个楼角说话，转眼就不见了。我感觉他们很像王爷花园失踪的那两个保安！

那天，我有点喝醉了。最后，那个朋友开我的车送我回家。

天黑下来。

我的朋友没有走小区的那条水泥大路，而是从一条很窄的石板小路开出去。可能近一些。石板小路旁边是草坪，草坪上插着木板，写着"别踩我，我疼"之类的字。

这里的路灯瞎了。车灯照出很远。

一个保安出现在车灯的光柱里。

他伸手拦车。

又黑又黄的牙齿，正是他，那个保安J！不过，他已经换了服装，黄帽子，黄制服，黑腰带，黑鞋。

我坐在后排座，他看不见我。

"先生，这里是人行道，不能……"

"滚滚滚！"我那朋友脾气很暴躁，他还没等保安J说完，就把他顶了回去。然后，一踩油门，势不可挡地开过去了。

保安J木木地站在那里，那张苍白的脸在我眼前一闪而逝。

……完了，我当时想，完了，他跟我这个朋友又结仇了。这不是一个人对一个人的仇恨，是一群人对一群人的仇恨。

这个朋友一定要倒霉了。

我们很快就出了小区的大门。

我迷迷糊糊又看见了那个捡破烂的女人，她的平板车上还坐着那个丑丑的小女孩。那女人立在黑糊糊的路边，朝灯火通明的小区里焦急地望着。

她的脸很白，像纸。

我对那个朋友说："如果你以后遇到什么奇怪的事，马上打电话告诉我。"

"什么意思？"

"你一定会遇到可怕的事。或许我有办法。"

"靠，你喝多了。"

老虎吃什么？

吃狼。

狼吃什么？

吃刺猬。

刺猬吃什么?

吃蛇。

蛇吃什么?

吃老虎。

我看见了一条蛇,它的花纹极其艳丽。它想拥抱什么东西,可它的四周除了荒草就是荒草,所有的东西——有腿的没腿的,有翅膀的没翅膀的,有鳍的没鳍的……都逃之夭夭了。

它只好在荒草中自己拥抱自己。

它用那血红的嘴,温存地亲吻着自己的尾巴、肚子、脊背、脑袋、心脏。

它那异类的眼睛一眨不眨地注视着这个世界,等待着。

它要把你吞掉。你别不信。

Story 3

I Meet Myself

蓝袍子

我宁可在戈壁草原上奔走一夜，也不愿意掉进她那沒有底的秘密里，粉身碎骨。

一、朝朝朝前走

那地方叫齐哈日格乌图。

那地方一半沙漠一半草原，地理学上叫戈壁草原。你们一辈子也到不了。

那一年，我在齐哈日格乌图放羊。那段时光，戈壁占据了我记忆的辽阔空间。一些感伤的往事，经过多年的沉淀，会变成一种美好的东西；一些美好的往事，经过多年的沉淀，会变成一种感伤的东西。

而一段恐怖的经历，时间越久远越觉得恐怖。

那一年，我赶着148只肮脏的羊，慢吞吞地朝前走，朝前走。

我穿着军服，肩章上一粗一细两道黄杠杠，中士军衔。

一片黄沙土，无边无际，生着半青半黄的寸草。天地间一片燥热。

不远处，有一具惨白的骷髅，比牛小，比羊大，我瞅了好半天，都不知道它是什么。它的姿势好像活着一样，趴在草原上，两个黑洞洞看着我。一群很大的苍蝇围着它飞。

这里与世隔绝，没有手机信号，没有报纸，没有电，没有树，没有互联网，没有人烟……除了天就是地。

中间是孤零零的我，还有一群羊。刚才我说了，148只。

我担心自己渐渐被羊同化了，每天吃了睡，睡了吃，一点点忘记了母语，不再会说话……因此，我就经常大声和我的羊交谈。

比如我说：你们睡得好吗？

羊说：咩——

我说：你们吃饱了吗？

羊说：咩——

我有点生气，说：你们只会这一种叫法吗？

羊说：咩——

羊呆头呆脑，是最缺乏灵气的动物。我就属羊。我经历的故事多如繁星，以致许多人不敢轻易相信，认为我是在编造。

作为一个作家，我几乎没有想象力。

小时候，我的父母很苦恼，他们认为我的未来一定像土地一样沉重。

比如，他们指着天上的月亮问我的哥哥姐姐：那是什么？

哥哥会说：那是黑天的太阳。

姐姐会跟随哥哥毫不费力地说：那是太阳的妹妹。

问最小的我，我就说：是球。

父母又摇头又叹气，半晌又提示我：你看哥哥姐姐回答得多好，你再想想，它像不像一个白色的盘子？什么东西是白色的呢？比如白银……你说，它是什么？

我不想再纠缠不休，把脑袋一扭，固执地说：是球。然后，我就再不肯回答他们的任何提问了。

父亲就说：这孩子不开窍。

母亲就说：这孩子日后肯定没出息。

不开窍又没出息的我20岁的时候，赶着羊群在戈壁草原上走。

狐狸有仙风，黄鼠狼有鬼气，狗通人性……我们经常听说，大难来临，连蚂蚁都有预感。而我的羊无欲无望，只知道啃草。它们跟我一样缺乏想象力。

地气颤颤地飘升，透过它，一切都微微晃动起来，显得有点不真实。远方更远了。

我没有武器，或者再准确一点说，我手无寸铁。我只有一架光学素质极为优良的俄罗斯望远镜，上面有前苏联国旗。

我把它举起来，东南西北看了一圈，没有一个蒙古包。

原来，这附近好像有一户人家，不知为什么，他们迁移了。

这世界就剩下我一个人了，静得像史前。

你害怕吗？我问自己。

不。我对自己说。

中午的时候，起风了，那风浩浩荡荡，它吹动着我的军服，梳理着我的短发。我和戈壁草原一起躺着，我和时间一起淌着。

我的躯体一点点消融了，变成了一团散漫的雾，尽情变换着形体，随意改变着方向，飘飘悠悠，清清淡淡……

本来，我是开车的司机，但是我犯了一个错误，被赶下了车。接着，一连之长发给我一根羊鞭子，那是一根粗壮的羊鞭子……

我爬起来，发现我的羊群不见了。我急忙举起望远镜搜寻，还是不见它们的踪影。

望着望着，我的心一下缩紧了——望远镜里出现了一个女人。

二、望远镜中的女人

那个女人穿着蒙古族的袍子，袍子是蓝色的，好像有绿色花纹和金色花边，腰上系着一条红腰带。她穿着一双黑靴子。

她坐在戈壁草原上，从我这个角度看，她侧着脸，我看不清她的面目。

一片干燥的戈壁草原，一个异族女人，这画面无声无息，在我手里颤动着——太远了，我拿不稳我的望远镜。

我把眼睛从望远镜上移开，连天的沙土在正午的阳光下金黄刺目，没有一个人影儿。

我又端起望远镜看她。

我突然感到了一种偷窥的乐趣。

突然，她转头朝我这个方向看了一下，我下意识地慌忙把头扭开，马上想到她是看不见我的，便又把眼睛贴到了望远镜上，继续看。

她也在朝我望，好像看见了望远镜后我的一双贼溜溜的眼睛。

我的心猛跳起来。

她不像在牧羊，她身边没有羊，也没有马。

她住在哪里？她怎么突然出现在没有人烟的戈壁草原上？她坐在那里干什么？我觉得有点怪。

如果半夜里害怕，可以等待太阳。如果光天化日害怕，那就没有希望了。

我和她似对视非对视，过了好半天，最后是我先败下阵来。我把望远镜从她的身上移开，四下转动，终于看见我的羊群从一个大坡下走出来。

我长舒了一口气——你当连长不会，杀敌人不会，如果连羊都看不住，那怎么向这庄严的帽徽交代呢？

我再举起望远镜看那个神秘的女人——没有了。

她是蜃景？幻觉？

三、梦历

过了很多天，一直没有再见到那个女人。

夜里，我躺在破旧的木床上，透过窗户上的几根木橛子，望着天边最遥远最黯淡的那颗星发呆……

我住的是一座干打垒的土房子，旁边就是羊圈。那羊圈很大，散发着浓郁的腥臊味。我就在那气味里吃饭、睡觉、想心事。

我的连队位于格日傲都公社，离我三里远。连队有一辆勒勒车，一周来一次，给我送粮食、蔬菜和珍贵的信。

我给远方的朋友写信，说：蓝蓝的天上白云飘，白云下面马儿跑，挥动鞭儿响四方，百鸟齐欢唱……

其实，这里连燕子都没有。它们没有力量背着那么大的春天，再飞到这么遥远的地方来。

那时候我还小，我很想家，可是那戈壁草原一万年也走不出去。在那样的荒凉之地，寂寞之地，惊恐之地，任何人都会变得多愁善感起来。

悲凉的情绪顺着星光流淌下来，压迫我单薄的心灵。

我经常想，有一天我会死的。那时候，我走不动了，在戈壁草原上倒下来。经过很多年之后，我渐渐就变成了那个比牛小比羊大的骷髅，两个有眼无珠的黑洞洞，冷冷观望着路过的马群。时光之河从我身边潺潺流过，而我躺在岸上，它不会再带走我了。

按照我们汉族人的习惯，我死后，应该在头顶点一盏长明灯。我没有。不过，我的骨殖会燃起磷火，那就是我的长明灯了。我自己烧自己。要是您路过此地，看见了，千万别害怕。

星光被夜里的大风刮得无影无踪。

戈壁草原的风出乎你的想象，那是一万个恶魔在狂呼。

我梦见了她，蓝袍子。

她说，她根本不存在，她就在我的望远镜里。或者说，我的望远镜是个放映机。

她说，她甚至不在我的望远镜里，就在我的眼睛里，我把她投影到了望远镜里。

她说，其实，她是在我心里……

最后，她笑嘻嘻地说："这片草原就是你的心。因此你会遇见我。"

四、野路

戈壁草原上有一条宽不盈尺的小路，弯弯曲曲，时隐时现，像一个垂朽的老人追忆童年的思路，迟钝，艰涩。

我刚放羊的时候，以为这是皮毛贩子的摩托车压出来的。有一天，我看见一群牛首尾相衔，慢悠悠顺着这条小路走向远方。它们有的黑有的白有的花。

我尾随其后，想找到答案。

走出了很远很远，我感到极其疲惫，水壶里的水也干了，我在对水的渴盼中感到生命的美好。

这群牛究竟是干什么去呢？这疑问牵引着我。

终于，我的眼前出现了一片水洼。那水十分清澈，盛着一穹湛蓝的天。水畔拥挤着茂盛的草，羼杂着枯荣自演的野花，一阵风吹来，它们小气地摇动着。还有叫不出名的鸟儿，飞来飞去。

我突然明白，这小路是牛寻找水踩出来的啊。

是哪群牛踩的呢？永远无人知晓。

也许就是我眼前的这一群，也许是别的一群，也许是眼前这一群的前辈，也许是别的一群的前辈，也许是几代牛几群牛共同完成的……

圆圆的天圆圆的地不能给牛一点方位的提示，小路就带领着它们去喝水。这些牛死后，它们的子孙又继续接受小路的牵引，直到这泡水干涸，它们再去寻找……

五、永远的距离

这天，我又在望远镜里看见了她，蓝袍子。

她坐在草原上，好像在看我，又好像没看我。这次她离我近了些，不过，我无论怎样调焦，还是看不清她的眉眼。

我和她就这样远远地相对。

我放下望远镜，她就消失得无影无踪，哪怕豆粒大的影子都看不见。

我有点恐惧，索性赶着羊朝她的方向走过去。

不知道走出了多远，我实在走不动了，可是，用肉眼仍然看不见那个女人。我坐下来，双肘支膝，当支架，用望远镜望她，她还在。

她在朝后退？她不可能看见我呀。

突然，我的视线被白色的云团充满，我移开望远镜，原来是我的羊群挡在了前面。

我起身把它们赶跑，再用望远镜看远方，她已经不见了。

这世界上已经没有神秘的女人。

女人因为神秘才吸引人，哪怕她的神秘已经达到恐怖。女人本身就是让人着魔的动物……

我的羊也走累了，它们纷纷在草地上趴下来。

我跟它们一起卧在草地上。天上的云朵静静看着我，亮得刺眼。我就闭上了眼睛，暖洋洋地幻想……

她长得很漂亮，叫萨日高娃，或者叫乌兰花之类。有一天，她走到我的身边，做了我的情人。

"你家在什么地方？"

"绝伦帝。"

"很远吗？"

我指了指天边最远的一朵云："也许那下边才是。"

"哦。"

"我退伍之后，你跟我去吧。"

"我不去。"

"为什么？"

"马跑到那儿就累死了。"

我失望地叹了一口气。因为除了茫茫黄沙土，没有一个人影。我甚至不敢断定她是不是真的存在。

一只蜥蜴在草丛里诡异地看我。这世界很热，可是蜥蜴很凉。

六、天堂所见所闻

二连浩特是一个边防城市，只有巴掌大。它坐落于戈壁草原腹地，坐直升机都找不到它。

在我的心中，二连浩特就是天堂。因为那里有女人。

我两年没有外出了。这一天，连长准了假，批准我到天堂去。

天堂当然很难到达。

那辆破旧的卡车像一只笨重的甲壳虫，在黄沙土上缓缓爬行，引擎声惊天动地（我混得好的时候，曾经驾驶过它。我知道，它是1976年出厂的，早该报废了。我几乎是坐着一堆破铜烂铁爬行）。

路光秃秃，车轮光秃秃，我的心情光秃秃。

颠簸了十几个钟头，我终于来到二连浩特。

我没有带我的望远镜，因为这里不需要，抬头就能看见。

我在那里呆了一天，我无所事事，一直坐在路边看。女人的大腿和高跟鞋，在我眼前晃动。我觉得我微贱的生命和她们的鞋跟一般高。

我请假的借口是，买日用品。其实我什么都不买。我有吃有喝，我需要的不是日用品。 那是一条干净的街道。正午时，有一个穿蓝袍子的蒙古女人走过来，她的轮廓很像望远镜里的那个女人。

她没有注意我，慢悠悠地走过去。

我站起来，悄悄跟踪她。

她走进了一家百货商店。我至今还记得，那商店门口有一个英雄骏马的雕塑，马的前蹄高高扬起来，惊心动魄。我跟了进去。

她停在卖望远镜的柜台前。我凑到离她很近的地方，也假装买望远镜。那些望远镜没一个比我那个好。

接近之后，我觉得她长得很面熟。她是谁呢？

我陡然想起，她很像我小学时候的一个同学。她叫安春红，满族，不爱说话，她跟我同桌，又是好朋友。她的肤色很白嫩，害羞的时候，真像秋天里的苹果。她的学习成绩经常和我并列第一。

我们在一起只有几个月，后来她家就搬走了，不知搬到了哪里。老师说，是很远很远的一个地方。

蓝袍子和售货员说的是蒙语，我听不懂。最后，她挑了一个，付了钱，走了。

我喊了一声："安春红！"

她没有回头。

不是。不可能是。

次日，我返回。又是十几个钟头的颠簸。半路车坏了两次，最后一次怎么都修不好了。

我们一共三个人：我，司机，炊事班长。我们都被抛弃在戈壁草原上。

天黑下来。戈壁草原昼夜温差大，天黑下来后，很冷。

在那片没有一星灯火的戈壁草原上，我听见有马头琴声。

那声音低沉、嘶哑、悲凄、哀怨，像一个男人在哭。哭天、哭地，哭不尽那孤独那恐慌那冷清那凄惶。

如果是一个女人在哭，就不会那样揪人心，因为会有一个男人走近她，把她抚慰，把她疼爱——而那是一个男人的哭声呵，撕心裂肺。

我觉得那是另一个我。

马头琴是用马的命做的。我感到那马还活着。

我静静地听，满怀感动——这琴声是城市的音乐会演奏不出来的。

月亮升起来，那是戈壁草原惟一有水分的东西，也是戈壁草原和外界惟一共同的东西。月亮如水，琴声如水。

绝望的司机惊喜地叫起来："有人！"他终于听见了——有人拉马头琴，就说明附近有蒙古包，那我们就得救了。

他们的耳朵有问题。对于哭的声音，我的灵魂比他们灵敏一百倍。

那天，我们住到了那个蒙古人的家。

清早，那个会拉马头琴的蒙古人开着四轮拖拉机，把我们送回了格日傲都公社（三天后，那台抛锚的车被另一台更爱抛锚的车拖了回来）。

四轮拖拉机的声音震天响。四周除了沙土还是沙土，除了骆驼刺还是骆驼刺，不见一缕女人的红纱巾。

那段日子，我固执地认为，女人的颜色就是红。

红其实是一种很奇妙的颜色，不信你就用一块红布蒙住眼睛，时间久了，你可能兴奋得想呼喊，可能痛苦得想流泪，可能幸福得想醉，可能绝望得想死……

可能有一万个，一万个可能都是极端，每一个极端都会使你的生命有滋有味。

天蓝，地黄，中间再加一点红，就成全了三原色。

而这里看不到女人。于是，有许多许多的颜色给损失掉了。

而那个望远镜里的蓝袍子，她好像与红无关。

七、望远镜看见望远镜

我继续放羊。

在空旷的戈壁草原上，我对羊喊口令：一二一，一二一。羊四条腿，步伐无法一致，一片混乱。

我一个人笑起来，如果有人看见一定会觉得很奇怪。不过，这里没有人。我多盼望有同类出现啊，哪怕是一个敌人。

可是什么事都不绝对，不能说这里没有人，也许那人就跟在我身后。

——你也一样，不论什么事，如果你认为神不知鬼不觉，都一定是错的。所谓隔墙有耳，就是这个意思。

一只高大的公羊低沉地叫着，爬到一只最漂亮的母羊身上。那只母羊守身如玉，绝不驯从，一边怒吼，一边反抗。

公羊百折不挠，终于得手了。它幸福地抽动着阳具，高亢地叫……

戈壁草原无故事。

两只羊做爱，一个人旁观，这成了戈壁草原惟一的故事。

很快，那母羊的尾部就肿得高高的。它呻吟着，回头舔，却舔不着。

我愤愤地踢了那只公羊一脚，骂道："混账！"

公羊一颠儿一颠儿地跑开了。

我举起望远镜，又看见了她！

她这次更近了一些。我调整焦距，一点点拉近了她的脸。尽管很模糊，我还是看见她长得挺周正，甚至有点漂亮。这让我更加怀疑她的真实性了。也许，她被我的想象美化了?

戈壁草原见不到女人，更见不到漂亮的女人。因此，那只被强奸的母羊都把漂亮一词给占用了。

她正朝我望，她好像就看着我的眼睛。

我离开望远镜，视野里除了半青半黄的草，仍然空无所有。我凑近望远镜，她就历历在目了，似乎伸手就可以触摸到……

我忽而镜里忽而镜外地望她。

她忽隐忽现。

我觉得她在勾引我。

她在勾引我！这假想让我很激动，因为这证实了我的存在。

那只不正经的公羊又打那只漂亮母羊的主意了。

它跑到它的身边，"咩咩"地说着什么。我想那无非是在表白：我很寂寞，我的寂寞就像这无边无际的沙土，你就是海。那些母羊我根本都看不上，你却深深打动了我。你的眼睛是那样善良，你的胡子是那样美丽……

当我举起望远镜的时候，我吓呆了——我看见两片闪闪发光的东西——她正拿着望远镜，朝我望。

我无比惊恐，心狂跳起来，不知道该继续看，还是该把望远镜放下来。

如果继续看，她就会发现我在偷窥她；如果放下望远镜，那我就会一直被她偷窥。

她和我对峙。最后，是我先把望远镜放下了。

接下来，我的表情极不自然。我挺了挺身子，尽量使自己的姿态更端正一些，使自己的神态更磊落一些。这不见人烟的戈壁草原上，有人在偷窥我！

我感到极其恐怖。

我感到，这个女人很诡怪。我甚至想，这件事该不该向组织上汇报。

又一想，有什么可怕的呢？草原上很多的蒙古人都有望远镜，那是为了寻找他们的骆驼或者羊群。

八、绿幽幽的光

一天夜里，又刮大风。我听到了女人的哭声。

戈壁草原没有人，怎么会有女人的哭声？

那哭声更像是歇斯底里的嗥叫，极其悲凉，极其凄惨，就在我的窗外。女人就是被扒了皮，也哭不出那种声音来。

我毛骨悚然。

没有电话，我无法和连队联系。没有警察，没有邻居，呼救也没有用。没有武器，我只有一根放羊的鞭子。可那鞭子连羊都不怕。

这里，一切都靠自己。

我哆哆嗦嗦地走出去，打开手电筒，看见两束绿幽幽的光，直射我五脏六腑。那是一条毛茸茸的东西，它慢吞吞地走开了。我看见它断了一只耳朵。

它一点点消失在手电光达不到的地方，消失在夜的深处。

九、敖包相会

次日，我出发时，天还晴得好好的，可当我和我的羊群走出十几里路之后，天却阴了，大雨像演电影一样落下来。

戈壁草原很少降雨，我毫无防备。

我赶着羊群奔跑起来，转眼全身就湿透了。我慌不择路，很快就迷失了方向。在戈壁草原上，迷路最可怕，甚至会丧命。

我还担心自己跑出国，这里离国界线只有几十里路。我是一名军人，我觉得，无论什么原因，只要越了境，就是叛国。那事儿林彪才干呢。

跑着跑着，我看见空旷的荒原里有一个毡房！我立即赶着羊群奔过去。

那毡房后竖着电视天线。毡房旁是一个羊圈，空空的，没有一只羊。

最罕见的是，离毡房不远的地方，有一个用石块堆起来的敖包——那是爱情的象征。

几条狗突然狂叫着扑上来。我的羊群吓得挤成一团，不敢前进。

我傻傻地站着。

在这人迹罕至的地域，在狗的眼中，除了主人，其他人类都是可怕的异物。面对陌生人，它们实际上跟狼没任何区别。

几条狼眼看就扑到我的跟前了！我看见它们的眼睛果然闪着绿幽幽的光。

这时候，毡房那厚重的门帘子被掀起来，露出一个女人，她打了一个尖厉的口哨，那几条狼悬崖勒马，"呜呜咿咿"地跑回去。

她站在毡房那黑洞洞的门里，静静地看着我。

我冒着雨把羊群赶进那个空羊圈，然后，我钻进了毡房。

那女人穿着一件蓝色的袍子，有绿色的花纹和金色的花边，系一条红腰带，脚下穿一双黑靴子。

她长得很周正。奇怪的是，她的脸很白，是常年坐办公室的那种白，这在戈壁草原上很少见。

原来，我的脸也很白，那时候，见过我的牧人都把我当成贵族看待。可是我在戈壁草原放了几天羊之后，就变得又黑又红了。

我打了个寒战。

她长得多像安春红啊，她多像我在二连浩特见到的那个女人啊，她多像望远镜里的那个女人啊。

我咧嘴朝她笑了笑，用仅会的一句蒙语说："塞榜（你好）。"

她也咧嘴笑了笑，笑得跟羊似的："塞塞榜（你好你好）。"

接着，我把军用挎包放在白色羊毛毯上，坐下来。

她用手抓起一块牛粪，塞进炉子里，又把奶茶放在火上。然后，她坐下来，毫不掩饰地看着我。她的眼神让我更冷。

我扫视了一圈。毡房里有一个画着红花绿草的柜子，上面有一台很小的电视机。毡房的墙壁上挂着一面镜子，画着金鱼和荷花。此外，还有炒米、酥油、乌拉草、畜牧书之类。

一只黑狗趴在她的身边，我进来后，它看都没看我一眼。它应该是一条和我一样爱想心事的不平凡的狗。

我没有看见男人的皮靴，更没有看见蒙古刀。我觉得这里好像只有她一个人。

冷冷的雨腥气从门帘子的缝隙钻进来。在这凄凉的天气里，奶茶的热气袅袅飘来，十分地亲切。

我打着手势试图跟她交谈："你是蒙族人吗？"

她笑着摇头。然后，她嘀咕了一句蒙语，我听不懂。

"我是解放军——解、放、军。"我指着我的中士肩章，一字一顿地说。

她还是笑着摇头。

"我迷路了，我要到格日傲都公社去——格、日、傲、都。"

"格日傲都……"她笑着重复，还是摇头。这个地名是蒙语，她应该知道，而且应该指给我方向。

是我跑出太远了？

抑或，她根本不是这片天地里的人？

"你经常到草原上去吗？"我问。

她笑。

"我好像见过你。"

她还是笑。

"你见过我吗？"

问急了，她就低低地说："塞耪……"

看来她真的不懂我的意思。

我不问了。我和她没有共同语言。

静默一阵子，她起身给我倒了一碗奶茶。我冻透了，奶茶可以让我很快暖过来。可我觉得，这奶茶和我在其他蒙古人家里喝的味道不一样，怪怪的。我甚至怀疑我真的跑到了毗邻的那个国。

她把电视打开了。蒙语台。

戈壁草原上的毡房都是风力发电，有电瓶。

那是一台黑白电视机，很小的屏幕里，出现一个魁梧的蒙古族男人，他举着望远镜朝远方张望。背景音乐是那首我们熟悉的曲子：

十五的月亮升上了天空哟，
为什么旁边没有云彩？
我等待着美丽的姑娘哟，
你为什么还不到来哟嗬？

我下意识地看了看她。

她静静地看电视。

她感觉我在看她，就转过头，看了看我。

她好像刚刚注意到我胸前的望远镜，好奇地用手指了指它。

我把望远镜摘下来递给她。

她把它接过去，前后倒置，大头对着她的眼睛，小头对着我看。在她眼中，我应该很远。看了一会儿，她嘿嘿地笑起来。

我感到她的样子很可怕——她在草原上生活，不应该把望远镜拿倒。

我故作轻松地对她笑了笑。

她把望远镜拿下来，并没有还给我，而是把它挂在了她的脖子上。

我愣愣地看着她，没有向她要。也许，她想把这个望远镜留下当一个纪念，或者当成我避雨的报酬……

外面的雨似乎小了，水声稀稀拉拉，像羊在撒尿。

我和她一起看电视，屏幕上出现蒙语新闻。我一句都听不懂，什么都看不进去。

天快黑了。但是她没有点灯，毡房里只有电视屏幕那一闪一烁的光亮。她的脸更白了。

我怎么看她都像安春红——准确地说，像小学一年级的安春红。但是，她离满族，离东北，离我的童年，十万八千里远，没有一丝一毫的可能。

我不死心，想试试她，就掏出笔来，悄悄在手心上写了三个汉字：安春红。然后我把手伸向她。

她看了看，突然警觉地问："谁？"

我的心一下充满惊恐——她会汉语！

"你会汉语？"我的身子不由自主地向后闪了闪，大声问。我一下觉得她十分深邃，她含着不见底的秘密。

没有电话。没有警察。没有邻居。没有武器……

方圆一万里，只有我和她。

她看着我，嘴里又冒出一串蒙语。

我疑惑了，难道她刚才说"谁"这个音不是汉语？我不知道这个音在蒙语里是什么意思。可是，刚才从她的表情看，她确实是在问我："谁？"

我觉得她在伪装，我觉得她刚才是失言了。

我说不出话来，我瞟了一眼门帘子，看看它离我有多远。

我的心已经跳到了嗓子眼，我低低地说："我该走了……"这一次，我没有打手势，我觉得她是听得懂的。

她突然笑起来，笑得就像那条断了一只耳朵的狼。

我紧紧盯着她的脸，不知她要干什么。

她笑着站了起来，麻利地换了一个台。汉语新闻。然后，她坐下来笑笑地看。

我一下惊恐至极。

她怎么看汉语台？她不是不懂汉语吗？

我哆嗦起来。想走，却不敢起身。

这时候，外面的狗突然狂叫起来，好像受到了什么进攻。

她站起身，笑着从我身前走过去，走向毡房外——那脏兮兮的门帘子把她的身子挡住。

我哆哆嗦嗦地等待。

好长时间过去了，她没回来。

那电视还开着，毡房里的光线忽明忽暗。

我偶然看见那红花绿草的柜子上，有一个类似影集的本子。我伸手拿起来，翻开，看见里边有一张照片，是一个穿蓝袍子的女人和一个男人照的。她扶着他的肩，站在戈壁草原上，阳光很好，她幸福地笑着。她的脚下还有几朵野花绽开。

这张照片上的女人有点像安春红，有点像我在二连浩特遇见的那个女人，有点像望远镜里的那个神秘女人，有点像刚刚走出去的这个女人……

那个男人搂着她的腰。

奇怪的是，那个男人的脸被挖掉了，只剩下帽子、衣服、裤子、鞋。那是一身军装，他扛的肩章跟我一样是中士军衔。

我十分恐惧，甚至想：这个人不会是我吧？

我贼溜溜地抬起头，看了看那个门帘子——她还没有回来。我手忙脚乱地把这张照片抽出来，塞进了军用挎包里。

接着，我站起来，如履薄冰地走出去，想看看她到底干什么去了。

雨停了，戈壁草原一片漆黑，不见她的影子。那几条狗也不见了。

我想，她会不会把我的羊偷走呢？我警惕地来到羊圈前，看

见我的羊都乖乖地趴在里面。空气湿漉漉的，腥臊味更加刺鼻。

她去哪儿了？

我围着毡房转了一圈，不见她的踪影。

突然我听见毡房的门帘子好像有响动——她进去了？她在和我捉迷藏？

我急忙走进毡房，发现电视关掉了，一片漆黑。我靠在哈那杆上，屏息听了听，毡房里好像没有人。

我弯腰摸到自己的军用挎包，掀起门帘子，猛地跑出去。

我肯定不会在这个陌生的地方过夜了。我也不想再等她回来。我走出毡房，打开羊圈门，把我的羊放出来，然后，我赶着它们迅速逃离。

我宁可在戈壁草原上奔走一夜，也不愿意掉进她那没有底的秘密里，粉身碎骨。

戈壁草原黑沉沉的，我感觉她就在不远处，就那样坐着，朝我看。她的眼睛亮晶晶的，在黑暗中闪烁。

我凭着感觉，在戈壁草原上奔走，奔走，奔走，一直走到后半夜，看见远方出现了几点细碎的灯火，简直像奇迹一般！

我知道，那是我的连队，那是战备值班室的灯光。当时，我突然感到又饿又渴，极度疲惫。我双膝一软，差点瘫在地上……

我这种文人个性，平时和纪律严明的连队总是相抵触。

尽管我不是那种爱抱怨的人（我讨厌满嘴牢骚的人），但是我的心里确实不喜欢这个条条框框的集体，于是，最后我去放了羊。这种放牧生活我行我素，时间由我自己掌握，不用出早操，不用站队列，不用唱军歌，只要我把羊喂饱就行了……

——可是，在那荒凉的黑夜里，在那惊恐而无望的奔走中，中士望见了连队的灯火，眼睛一下子就湿了。

十、多了一只羊

第二天清早，我把羊圈木门裂开一条窄窄的通道，一次只能通过一只羊，然后我点数。我想知道昨天在暴雨中有没有丢羊。

我数了一遍，没少，反而数多了一只。

这不可能。我把已经跑到草原上的羊又赶进羊圈，重新数，还是149只！

平时，假如多了一只羊，我会很高兴，不管怎么说，那也是增加了国家财产。可这一次，我感到事情很蹊跷。

我数了三遍，还是149只。

……我赶着羊走在戈壁草原上，仔细打量这一群呆头呆脑的动物。

我不可能分辨出哪一只是莫名其妙多出来的一只。每只羊都像，都不像。

我觉得这事情跟那个毡房里的女人有关系。

我举头四望，天高地远。没有了望远镜，戈壁草原更加无边无际。没有了望远镜，我再也看不到她了。

我变成了瞎子。

而她时时刻刻都可能在窥视着我的一举一动。包括我撒尿。

我必须要撒尿。我解开裤子，不知道该面朝哪个方向。她在四面八方。

恐怖就像天上那朵诡秘的云，定定地跟着我。我看不见它走，可我怎么都甩不开它。它的阴影硕大无比，覆盖了三分之一的戈壁草原。

我永远也不可能再看见她了。

我有些后悔，假如我还有一个机会见到她，我不会那样草率地离开她。我要和她做一次男人和女人。我想，只要接触她的身体，就会打破她的秘密。

十一、凉凉的幻觉

有一天，我在半梦半醒中看见了嫦娥。

那可怜的女子，她的肌肤跟月亮一样白，因此，凡人就看不见她。我看见她在月宫里洗着衣裳。

天空地旷，草冷风硬，一个孤男，一个寡女……

我自作多情地想，我和她是天造的一对，地设的一双。

于是，我朝着1988年的那轮月亮祈祷：嫦娥，嫦娥，你下来吧……

嫦娥真的飘飘悠悠地飞下来了。她身披无缝天衣，脸上含着羞赧的微笑，无声地落在我寂寞的生命旁。

她轻轻把手伸向我。

我抓紧了她。她的手微微有些凉，那是月亮的一部分。

茫茫六合是一个大房子。那只玉兔跳来跳去，点缀着我们的爱情……

回想起来，那就是我真正的初恋了。我的初恋有一点特别。

后来，我先后和几个女孩子谈恋爱，他们都说我太挑剔，我想这肯定跟那次似真似幻的经历有关系。

它将影响我一生。

我偶尔对一些朋友说起我的那次初恋，他们都笑我：嫦娥是你的吗？嫦娥怎么是你的呢？

在这拥挤的都市里，房上有房，人上有人，纯情成了笑话。在这里，月亮成了芸芸众生公共的餐盘，嫦娥成了衮衮诸公共同的梦中情人……

不过，我固执地认为嫦娥曾经属于我一个人。不信就算了。

十二、另一个中士

这天，连队的文书赶着勒勒车来了，他来给我送食物。

他走进我的房子，看了一眼我的床，坏坏地笑了。他是老兵，十年了，什么都经历过。他摇头晃脑地对我唱："跑马溜溜的床上，一朵溜溜的云哟……"

话题自然而然扯到了女人。

我问他："这附近有没有一个蒙古族女人？"

"想了？"

"我遇见了。"

他板起脸，很负责地说："你可别胡来。"

"怎么了？"

"土木尔连队，有个放羊的兵，也是你们东北的，他就不收敛，结果……出事了。"

"出什么事了？"

"他认识了一个放羊的女人，蒙古族的，那女人对他特别好，最后竟然怀了他的孩子，他却不知道。后来，他调到了塞汉拉连队，悄悄就溜了。那个女人寻他不见，找到连队来……那个兵因此被处分了。他闹情绪，跑掉了。咱们团派人到处找他，半年后，终于在他的老家把他找到了。最后，他被开除了军籍。听说，不久后那个女人自杀了，工具是一把锋利的剔骨刀……"

一股凉气爬上我的脊梁。

十三、蓝袍子

吃饱喝饱，我赶着羊群走在戈壁草原上。

天蓝蓝的，月亮无影无踪。

我一直觉得那个神秘的女人存在着，她坐在一个很远的地方，躲在望远镜后面。她夺去了我的望远镜，就是挖去了我的眼睛。只许她看我。

太阳毒辣辣的，可是我的脊梁一直凉着。

走着走着，我突然看见远方出现了一个爱情的象征，它不高也不低。

我赶着羊群朝它走去。

走了一个多小时，我终于走近了它。

敖包的旁边，不见了那个毡房——她拔了木桩，收起哈那杆，卷起毡布，迁走了？可是我在草地上看不到一点遗迹，好像这里根本不曾有过什么毡房。

我木木地站着。

天上的白云朝远方的远方飘去。

一只灰色的跳鼠在草丛中跑过，那笔直的尾巴竖起来，顶着一绺毛，颠颠晃晃，就像惊涛骇浪中的一根桅杆。

我失魂落魄地赶着羊群离开那个敖包，走了。

如果没有天上的雨水哟，
海棠花儿不会自己开。
只要哥哥你耐心地等待哟，
你心上的人儿就会跑过来……

走出一段路，我又看见了那具骷髅，比牛小，比羊大，它趴在草地上，那两个空洞在看着我。

它的身上披着一件蓝色的袍子，有绿色花纹和金色花边。一条红腰带随风朝一个方向飘动，好像在指引什么。

戈壁草原是黄色的，可那具骷髅下面的沙土却是褐色的。

我知道，我是一个男人，不应该草木皆兵，应该兵皆草木。

我可以说我不害怕，但是我无法制止我双腿的颤抖。

我抬起颤抖的腿，猛地踏在那具骷髅上。

那骨头很酥脆，一下就碎了。

那一年，我退伍了。

一个上等兵接了我的班。他也是个爱想心事的男孩子。

在无边无际的戈壁草原上，在浩浩荡荡的风中，中士郑重地把那根羊鞭子交给上等兵，对他说："你要像爱女人一样爱它们。"

十四、对证

我的胸前挂着大红花，光荣地回到家乡。

从此，我永远离开了那片戈壁草原，永远离开了那个美好的年龄。

我一直没有把那张奇怪的照片丢弃。我可能永远都找不到谜底，但是我至少要把谜面带着。

我回到东北老家之后，被分配在啤酒厂工作，当秘书。

一次，厂里的车去榆树县送啤酒，我搭车去了。那个被开除军籍的人就在那个县。

我好不容易找到了他。他已经结婚了，穷得叮当响。

我对他说，我和他曾经在一个团服役，我在齐哈日格乌图连队，也是放羊兵。

我把他约到外面，坐在一家小茶馆里，和他聊起那片戈壁草原，聊起那些羊，聊起那个曾经和他好过的蒙古族女人。

他很冷淡，似乎不太愿意说起那件事。

我把那张照片拿出来，说："你看看这张照片，是不是她？"

他愣了，说："你怎么有我的照片？"

我低头看了看，发现照片已经变了——那个女人只剩下了蒙古袍，脸被挖去了。而她身边的那个中士竟然有了脸，他笑吟吟地站在草原上。

他正是我面前的这个人。

难道，当时我慌里慌张，把照片抽错了？

难道，谁在黑暗中把照片掉包了？

他又问："这个女人怎么没有脸？"

我想了想说："这是你跟谁照的？"

他说："我跟几个蒙古族女人照过相，我也不知道这个是哪个。"

看来，这件事永无对证了。

我又说："你能不能给我讲讲你和她的故事？"

他叹口气，接着说了一句我一辈子都忘不了的话："她最先出现在我的望远镜里。"

我打了个激灵。

他不再说了。

我问他："她死了，你知道吗？"

他沉吟半晌才说："我被处分后，并没有像你们想的那样跑回东北来，我从塞汉拉连队直接去了土木尔连队那片草原，探访她的下落……"

"你看见她了？"我瞪大了眼睛。

"我只看见了一具骷髅，不知道是什么的骷髅，趴在草地上，挺吓人的。那骷髅的上面披着她穿过的那件蓝色蒙古袍，束着她那条红腰带。"

"这是什么意思？"

"她对我说过，只要我看见她的衣服，就说明她到更遥远的地方去了。"

更遥远的地方，在天边那朵云的下面。

天边那朵云的下面，有一个放羊的上等兵，他举着望远镜四下观望。现在，他的脸还很白净。

有一天，他突然在望远镜里看见了一个蒙古族女人，她穿着一件蓝色的袍子，有绿色的花纹和金色的花边，系一条红腰带……

Story 4
I MEET MYSELF

死亡之妆

「你给我当模特，好不好？」

他手中的剪子已经逼近了葛桐的喉管：

他一步步走近葛桐，

⊡ 停尸房里的男尸

像很多恐怖故事一样，这个故事发生在医院，一所坐落在市郊的医院。医院四周有山有水，树木郁郁葱葱，到了晚上，风一刮起来，那些树木哗啦啦作响，有几分阴森。

首先，让我们了解一下地形：

进了这个医院的大门，先是门诊楼，然后是住院部，最后是停尸房。停尸房位于医院大院的最后边，从住院部到停尸房，中间是一片空地。一条曲折的石径小道，四周长满了荒草。

不要怀疑你自己的抗恐怖心理素质，其实我们都一样，对停尸房这类地方都胆战心惊，不愿意接近它。这可以理解为活人对死人的恐惧，也可以理解为生命对死亡的恐惧。

因此，停尸房的四周就空空荡荡。因此，这里的风就很大。因此，这里的空气就很阴森。

这家医院很小，前来看病的人不多，停尸房也经常空着。里面，很潮很暗，有一股霉味。没有专人看管。只有一扇黑洞洞的小窗，像一个简陋的子宫，回收报废的生命。

有一天，停尸房放进一具男尸，是个老头，死于癌。他很老了，脸上的皱纹像蜘蛛网。据说，他生前是一个胆小如鼠的人，见了猫都害怕，自从他变成一具尸体，人们立即对他充满了恐惧。

怕什么呢？他已经定了格，变成了一张照片。大家可能是怕那张照片突然笑起来。

这具尸体只在停尸房放了一天。第二天早上，他的家人要把他送到火葬场去，可是却发生了奇怪的事情：老头果然笑起来。

他苍青的脸扑了厚厚的粉，眉毛也画了，弯弯的女人眉，还戴了长长的假睫毛。毫无血色的嘴唇竟然涂了很红很红的口红，嘴角向上翘，一副微笑的模样。

他的家人第一眼就吓坏了，惊慌地退到门口，看了半天，才知道发生了什么。他们马上愤怒地质问医院负责人，负责人当然不知道这是怎么回事。

不过，医院决定查一查。

那天晚上，有一个值班男医生和一个值班女护士。男医生叫黄玉凤，性格很孤僻，不爱与人交流，没有人了解他。他头发很长，戴一副黑框眼镜，眼睛后面总像还有一双眼睛。他上班下班总是不脱他的白大褂。

他已经下班回家了，医院领导首先把他叫来。

院长问："黄大夫，昨夜你值班，有没有发现什么情况啊？"

他看着院长的眼睛，平静地说："没有。"

院长没有避开他的眼光，长时间地看着他的表情，突然问："你最近是不是总失眠？"

黄玉凤说："没有。"

院长问："夜里有没有出去转一转？"

院长的话音还没有落，他就冷静地否认了："没有。"还是看着院长的眼睛。

院长笑了笑："那你干什么了？"

他淡淡地说："看一部小说，推理的。"

院长问："你几点睡的？"

黄玉凤医生说："我没睡。"

院长说："你刚才不是说你没有失眠吗？"

黄玉凤医生说："我夜里很少睡觉。"

院长说："那没听到一点动静？"

黄玉凤医生说："很多猫一直叫。"

院长终于躲开他的眼神，点着一支烟，深深地吸了一口，说："昨天我们医院发生了一点事情，你知道吗？"

黄玉凤一点都不惊诧，他一直看着院长的眼睛，说："不知道。"

院长："也没有多大的事。好吧，你去吧。"

接着，院长又叫来那个值班女护士。她叫葛桐，正在热火朝天地谈恋爱，是个很外向的女孩子，快言快语，平时大家都喜欢她，把她当成单调工作中的调味剂。

听了事件的经过，葛桐吓得脸都白了。

院长问她昨夜有没有听见黄玉凤医生出门。她努力回忆昨夜的每一个细节："我查了各个病房，然后给妈妈打了个电话，再然后……就睡了，一觉睡到天亮，什么也没有听到呀。"

她请求院长："领导，您饶了我吧，今后别安排我值夜班了，我这个人天生胆子就小，天黑都不敢看窗外。"

院长说："那怎么行呢？每个职工都要值夜班，这是制度。"

葛桐是个说话不绕弯的女孩子，她爽快地说："院长，要不然您把我的班串一串。黄医生怪怪的，我怕他。"

院长说："他就是那种性格，其实没什么。"

然后，他开导了葛桐一番，最后，葛桐噘着嘴走了。

查不出结果，院长只好作罢。

他分明地感觉到，如果是医院内部的人干的事，那么百分之九十是黄玉凤医生所为。只是他拿不出直接的证据。

从此，医院里的人对黄玉凤医生有了戒备。大家都在谈论这个死尸化妆的怪事，但没有人和黄玉凤医生谈论此事。

黄玉凤医生和从前一样，见了谁都不说话。和病人说话也是很简单，简单得有时候话语都残缺不全。没有事的时候，他就拿一本推理小说阅读。不烟不酒，不喜不怒，他是个没有特征的人，是个没有表情的人。

惊恐之旅

时光踏着日月沉浮的节奏，缓缓地前行。撕心裂肺的爱情，不共戴天的仇恨，都可以被时光的力量吞噬。同样，大家心中那恐怖的阴影也一点点淡化了。那个莫名其妙的事件经过很多的嘴，最后变得更加神乎其神，其中有一个细节已经成立，那就是尸体确实是笑了。同时，它在医院后来的工作人员眼里，也一点点变成了一个没有什么可信度的传说。

因此我们最好不要一概否定一些传说的母本的真实性。有一句老掉牙的话：无风不起浪。

葛桐这个人不会表演，她作为那个事件的当事人之一，每次见了黄玉凤医生，都无法掩饰住对他的猜疑和害怕，所以后来她再和他相遇，总是远远就躲开。

有一个周末，葛桐下了班准备去城里。城里离医院大约有六十里。长途车在这个镇郊医院围墙外有一站。吃过饭，她背着包要出发了。天快黑了，葛桐快到医院大门口的时候，远远看见了黄玉凤医生，他穿着白大褂，莫名其妙地坐在大门口，不知道干什么，好像就是为了堵截她一样。他和葛桐这一天都不值班，周末除了值班的人都应该回家了。葛桐不敢从大门口走出去，她只好绕路走，翻墙出去了。

她一路小跑来到公共车站牌前，正好上车，她气喘吁吁地在一个空位上坐定，一抬头，差点惊叫出来：穿着白大褂的黄玉凤医生脸色苍白地坐在她旁边，正看着她！

葛桐惊恐地看着黄玉凤医生，半晌才说："黄大夫，刚才我怎么看见你坐在医院的大门口……"

"那不是我。"他冷冷地打断她。

葛桐说："那可能是我看错了。"

天要黑了。

通往城里的公路空荡荡的。

黄玉凤医生也去城里。巧合？

"呀，我忘了一件事……"葛桐说。

黄玉凤医生毫无表情地看着她。

"我有一件衣服晾在药房外面了。"她说得结结巴巴，任何人都能看出她在撒谎，"我应该回去……"

就在这时候车开动了。

"咳，算了。"她又不自然地说。

车走着。没有售票员，只有一个司机。

两个人都不说话。

车上的人不多，都不说话。那种静默就像印象派电影。

天快黑了。

车偶尔经过一座村庄，节俭的人们还没有点灯，村庄暗淡。路边是北方常见的白杨树，高大，挺拔，胸怀坦荡。

车上柴油味刺鼻。

葛桐有点恶心，心情更糟糕。

她先开口了："黄大夫，你去城里干什么呀？"

"没什么具体事。"

葛桐说："我去我哥哥家。"

黄玉凤医生敏感地转过头看着葛桐："他接你吗？"

"是的，电话里说好了。"葛桐说这句话时又结巴了。

黄玉凤医生不再接她的话头。

天快黑了。

车慢吞吞地停下来，到了第一站，是一个大十字路口。乘客陆续下车，竟然都下光了，只剩下葛桐和黄玉凤医生。

最后一个人下车的时候，葛桐的神色更加慌乱了。

车"哐当"一声关了门，又慢吞吞地朝前走。

其他的座位都空着，葛桐和黄玉凤医生坐在一起，他们在慢节奏地对着话。

葛桐不看黄玉凤医生的脸，她大声问："黄医生，你是哪里人？"

黄玉凤医生："外省人。"

葛桐："很远吧？"

黄玉凤医生："关外。"

葛桐："你怎么来这个小镇了？"

黄玉凤医生："命。"

葛桐："你今年不到三十岁吧？"

黄玉凤医生："四十多了。"

葛桐："这正是男人干事业的年龄。"

黄玉凤医生："我最大的愿望可不是从医。"

葛桐转头看了看黄玉凤医生："那是……"

黄玉凤医生叹口气："这辈子是不可能了。"

他很瘦，干巴巴的身子裹在白大褂里显得很可怜。他为什么总是不脱白大褂？他呈现给人的永远是这一种表情，这一种装束，好像是一张照片，一张医生的工作照。

葛桐一直在问，好像要尽可能地接近这个古怪的人。可是他那无神的眼睛却让人捕捉不到任何信息。

停了停，葛桐："你太太也是外省人吗？"

黄玉凤医生："是。"

葛桐沉默半晌："你们有孩子吗？"

黄玉凤医生："没有。"

葛桐："为什么还不要孩子？"

黄玉凤医生："我们早离婚了。"

葛桐："你一个人生活？"

黄玉凤医生："还有一只猫。"说到这里他奇怪地笑起来。

葛桐显得很不自在："你太太是干什么的？"

黄玉凤医生想了想，慢吞吞地说："美容。"

葛桐惊恐地瞪大了眼睛。她慢慢转过头，看着正前方。

天快黑了，前方的景物都看不太清楚了。

又经过村庄，村庄的灯亮起来。

路还远。

黑暗是一种压力，铺天盖地缓缓降落。车灯亮了，前途惨白。葛桐盼望那个司机偶尔回一下头，却不能如愿。她上车后再也没有看见那个司机的脸，只是一个背影。

车颠簸起来。

黄玉凤医生纹丝不动。

葛桐好像下了很大决心似的突然问："黄医生，你喜欢美容吗？"

黄玉凤医生平静地说："不喜欢。"

说完，他双眼闪亮地看着葛桐："你怎么问这个？"

葛桐惊慌失措地低下头："我随便问问。"

葛桐问完这句话，黄玉凤就靠在椅子背上，慢慢闭上双眼，似乎不想再说话。

整个车厢彻底静默，气氛沉重。

葛桐没有睡，她一直警惕地睁着眼睛，她的余光严密地关注着身边的黄玉凤医生。他没有一点声息，似乎睡得很香。

终于进城了，是一条很偏的街道，路灯昏黄，没有行人。

车还在朝前走。

假如闭上眼睛，没有任何声音提示现在已经进了城。

可是，就在这时候，黄玉凤医生冷静地睁开眼睛，抻了抻白大褂的领子，准备下车了——看来他对一切了如指掌。

车停了。

葛桐坐的位置靠车门，她指着车外面一个陌生男子说："黄医生，我下车了，我哥哥在那里。"

黄玉凤医生抬头看了看，平静地说："他不是。"

葛桐顿时又惊诧又尴尬，她掩饰说："我这眼睛怎么了，总出错。我走啦，黄医生，再见。"

"再见。"

葛桐和黄玉凤医生告了别，大步朝前走。走出了十几米，她紧张地回头看了看，根本没有黄玉凤医生的影子。

中 没有胆大的人

有一次，轮到黄玉凤医生和葛桐值班的时候，停尸房又放进了一具尸体。

葛桐又找院长了，请求换班。她哭起来，如果院长不为她换班，她就要辞职了。

为了照顾小姑娘葛桐，院长决定再派一个男医生和黄玉凤医生一起值夜班。

院长是个很有威信的院长，他虽然没什么文化，是个大老粗，工作作风更像一个村支书，但是他什么事都身先士卒，雷厉风行，大家都挺敬畏他，平时他说什么没有人不服从。但是这一次不一样。

快下班的时候，院长叫来外科的田大夫，对他说："你今夜和黄玉凤医生一起值夜班，串一串。"并没有多说什么。

田大夫立即苦着脸说："院长啊，我家的小孩高烧，正在家昏睡着，我老婆白天都想让我请假呢！"

院长知道，平时田大夫三天打鱼两天晒网，如果孩子发高烧，他今天肯定不会来上班。而且，院长今天见他很喜兴，中午休息还打了一小时牌，他那独子是他命根子，如果有病，他不会如此轻松，中午早骑车回家看望了。家属楼离医院只有十分钟的路。但是他把孩子拿出来当盾牌，院长又不好说什么，否则就太不近人情了。

院长沉吟片刻，说："那好吧，你帮我叫一下李大夫。"

不一会，内科的李大夫来了。

院长说完值夜班的事，问："你今晚有没有什么事情？"

李大夫说："没什么，只是今天是我和老婆结婚十周年的纪念日，当然要和老婆好好过一下。晚上老婆还在酒店订了几桌酒席，要宴请一些亲戚和朋友，闹一闹，图个喜庆呗，所以……"

李大夫这个理由更让院长无话可说。人家这是第二个婚礼，第二个洞房花烛夜，你让人家值班？其实院长心里明白，李大夫是一个爱张扬的男人，如果他说的是真话，他早就四处奔走相告了。连他小孩当了三好学生这样一件事，他在一天内就传遍了整个医院。上次他爸爸过五十九大寿，他一上班就各个办公室广而告之了，害得大家每个人都送去一张钞票做贺礼。如果今天真的是他和他老婆结婚十周年纪念日，他这一天能不说？至少要请院长到场吧？

院长说："算了，你帮我叫一下秦大夫。"

妇科的秦大夫还是个小伙子，刚刚毕业，在医院里年龄最小，上次发生那件怪事的时候他还没有来。院长想他不会编什么谎话。秦大夫一进门，院长就说："秦大夫，你今夜和黄大夫值班，没问题吧？"

秦大夫马上一脸惊慌，眼睛转了转，央求说："院长，求求您，换别人吧，我胆小。"

院长有点生气了："你有什么可怕的！"

秦大夫说："您让我打扫一年厕所都行，我就是不敢和他值夜班。求求您派别人吧……"

院长大声说："你刚来就不服从领导，我处分你！"

秦大夫的神情很难过，他说："院长，您处分我……我也不敢！"

院长想了想，说："听说黄大夫原来的老婆是搞美容的，你帮我打听一下关于她的情况，这总可以吧？"

"好，没问题！"秦大夫立即满口答应。

"你去吧。"

"谢谢,谢谢院长!"秦大夫好像怕院长反悔似的,机敏地溜掉了。

最后,院长让葛桐和黄玉凤医生都回家了,他自己和另外一个老护士留下来值班。

那天院长亲眼看见黄玉凤穿着白大褂离开了医院。夜里,院长来到住院部和停尸房之间的那片空地转了转。他竟然看见停尸房的方向有一个白色的影子,在黑暗中一闪就消失了,很像黄玉凤医生。他追过去,没有任何人,只有掉在草地上的一本书,被风刮得"哗啦哗啦"响。那是一本多年前的推理书,作者是日本的,叫什么横沟正史。

院长突然有点恶心。

🔲 那个消失多年的女人

这一夜,没有人让那个死尸笑,于是他就没有笑。

之后的几天,院长一直在追问关于黄玉凤医生前妻的情况,秦大夫总是无奈地对院长说:多年前,黄大夫来到这个小镇的时候就是一个人,没有人听说他结过婚,更没有人知道他有什么搞美容的前妻。

院长说:"这是他自己说的,没错。"

秦大夫:"他对谁说的?"

院长:"葛桐。"

秦大夫:"也许他是在编造谎言。"

院长:"编造这样的谎言有什么用?"

秦大夫:"他怪怪的,谁能摸清他想什么!或许是幻想狂。"

院长:"你还要打听,不能放弃。因为弄清楚这个搞美容的女人,很可能对我们调查前一段时间那件奇怪的事有用。"

秦大夫:"调查那件事有什么意义啊?"

院长："出这样奇怪的事，严重影响了我们医院的形象。这是我们管理上的漏洞。我们要尊重患者，包括死去的患者，这是最基本的原则。"

又过了一段时间，秦大夫到市医院办事，回来，他兴冲冲地跑进院长的办公室说："院长，有消息了！"

市医院碰巧有一个热心的医生，他和黄玉凤医生是大学同学。秦大夫和他聊起来。那个热心的医生说，在大学里黄玉凤医生就是现在这个样子，独来独往，从来不与人交流，同学们对他的心事一点都不了解。但是那个热心的医生知道，黄玉凤医生原来在关外工作，结过婚，又离了。关于那个女人，他只知道她是一个美容师，出奇的漂亮。除此再不知道其他了。

当天，那个医生给另一个更熟悉情况的老同学打了一个长途电话，又了解到了一点情况：

那个女人的美容手法极其高超，在当地小有名气，社交活动很多。有一次，她到云南开一个美容座谈会，认识了一个东南亚老板，那个人在全世界有很多美容连锁店，很富贵，不久她就跟他远走高飞了。她走了之后杳无音信。很多年过去后，她突然回来了，虽然衣着华丽，但是被人毁了容，那张脸特别吓人。她见了黄玉凤医生泪流满面。她和黄玉凤医生相拥而眠，只过了一夜，第二天就投河了。和许多类似的故事一样，那个老板有老婆，有几个老婆，也有情人，有很多情人。黄玉凤医生的老婆跟他到了东南亚，并不甘心情人之一的地位，她自不量力，不知深浅，跟那个老板闹事，跟他老婆争风吃醋，被那女人毁了容，用刀一下一下割的。那女人的娘家势力更大，开的是挂皇家牌照的轿车。黄玉凤医生的老婆远在异国，无依无靠，连个公道都讨不回来，最后走投无路，就想到一死了之。可是她在离开人世之前只想看看曾经和她同床共枕的丈夫一眼……

说完，秦大夫说："我想黄医生是受了刺激。"
院长陷入怔忡之中。

那个日子又来了

巧的是，又一次轮到黄玉凤医生和葛桐值夜班的这一天，停尸房又放进了一具男尸，他被人用刀刺进腹中，抢救无效，死了。

整个医院骤然紧张起来，人心惶惶。

这天，院长打电话叫来了三个男大夫。

他们走进院长的办公室之前，还在小声谈论今夜，谈论那具死尸，谈论黄玉凤医生。他们根本没想到他们将面临一个大问题。

有时候，厄运就跟你隔一个墙角，你却茫然不知，你一转身就撞在了它的鼻子上。

他们刚刚坐定，院长就慢悠悠地对他们说："今夜你们谁和黄大夫一起值班？"

三个男大夫立即傻眼了。接着，他们的脸色都变得苦巴巴的了，支支吾吾要推脱。

还没等他们找理由，院长就说："别编了，今天你们必须有一个人留下来。"

几个人互相看了看。

院长继续说："你们抓阄。"

大老粗院长很快写了三个纸条。

三个男大夫没办法，犹犹豫豫地伸出手，抓凶吉。

一个姓张的大夫打开纸条，脸色暗淡下来。

一个幸运的男大夫得意地说："张大夫，咱们三个人中你工资最高，你早应该主动把这个差事担下来！"

另一个男大夫也开玩笑："其实没什么，不就是让老婆休息一下吗。"

张大夫叫张宇。他没有心情说什么，一直脸色暗淡地坐在沙发上抽烟。

院长对另两个男大夫说："你们先走吧，我和张大夫说几句话。"

他们离开之后，院长低声叮嘱张宇医生："今夜你要严密关注黄玉凤医生的动向，遇到什么事情都不要惊慌。"

张宇医生点点头，问了一句："院长，你能不能给我找一个可以当武器的东西？"

这时候，开了一半的门口突然闪出黄玉凤医生的脸，很白。

他离院长和张宇医生很近，他应该很清楚地听见两个人说的话。只是不知道他来多久了。

院长没看到黄玉凤医生，他说："什么武器，别大惊小怪！"

张宇医生愣愣地看着黄玉凤医生的那张脸。

那张脸一闪，离开了。

张宇医生好半天没有回过神。

院长说："记住，遇到什么事情都不要惊慌！"

与怪人同室而寝

过去，吃过晚饭，医院里有些职工还常常来医院溜达溜达，聚一聚，聊一聊，打打牌，下下棋。自从出了上次那件事之后，大家都不到医院来了，躲都躲不及。下班后，医院里显得一天比一天冷清起来。

吃过晚饭，张宇医生到门诊部各个房间巡视了一番。接着，他极不情愿地走向住院部二楼的那个值班室。

住院部这几天没有一个病人。

今夜又到黄玉凤医生动手的时候了。

想到这些张宇医生有些毛骨悚然。

天黑下来。

张宇医生终于慢慢地爬上了二楼。

二楼的楼道很长，灯都坏了，黑漆漆的。

护士值班室在楼道顶头的那个房间，没有亮灯。葛桐一定很害怕，睡下了。

而医生值班室有灯光，但里边没有一点声音。

张宇医生在值班室门外站着，没有勇气走进去。

他甚至想一直在门外站下去，甚至想马上就给院长打电话，甚至想干脆溜回家。

想归想，他最后还是推门进去了。

黄玉凤医生竟然不在。

张宇医生心里的石头放下了，又提起来。他脱掉衣裤，准备躺下。他想关掉房间灯，犹豫了一下，最终没有关。他亮着灯钻进了被窝。

窗外的风大起来，吹得窗户"啪啪"地响。山上像是有什么野生动物在叫，叫声遥远而模糊。

张宇医生的心跳得厉害。他在等着黄玉凤医生到来。

不知道过了多久，楼道里响起了脚步声，很大的脚步声，有点慢，但是声音是朝着值班室来的。

门"吱"的一声开了，张宇医生情不自禁地缩了一下脑袋。

进来的正是黄玉凤医生。

他认真地看了看躺在床上的张宇医生。张宇医生不自然地朝他笑了一下，算是打招呼。他也干巴巴地笑了一下。

然后，黄玉凤医生"咔哒"把房间的灯关了，他走到床边，把床头灯打开，慢慢地脱掉衣服，穿着毛衣半靠在床上看书。

那床头灯很暗淡，一束光照在他的脸上，显得更加苍白。他慢悠悠地翻着书页，除此很静很静，听不到他的呼吸声。

张宇医生心里很压抑，他想找个话题，和黄玉凤医生聊一聊，但一时又想不起说什么。

墙上的钟在走，"滴答滴答滴答"，走得很小心，生怕一下撞到某一时刻上。

黄玉凤医生的书一页一页地翻。时间似乎停止了流动。

突然一阵巨响！张宇医生吓得差一点惊叫出来。

黄玉凤医生一动没动，眼皮都没眨一下，继续翻他的那本书。

是敲门声。

"谁？！"张宇医生问，声调都变了。

"是我！"是葛桐跑来了。

张宇医生披衣下地开门，他看见葛桐瑟瑟地抖，不知是冷的，还是吓的。

她看着张宇医生，欲言又止。张宇医生走出来，反手把门关上。

"张医生，我害怕……"她终于小声说。

张宇医生回头从门缝往里看了看，也小声说："我不是在这里吗？不用怕。有什么事的话你喊一声我就过去了。"

"我不敢……"葛桐的身子抖得更厉害了。

张宇医生硬撑着安慰她："你都是二十多岁的大姑娘了，而且是这里的值班人员，不能这样怯懦。不会有事的，天很快就亮了。"

葛桐无助地看看张宇医生，最后，只好裹紧睡衣，一步三回头地回去了。

张宇医生进屋，关好门，躺下来。他有了一种被人依靠的感觉，胆子略微壮了些。他轻轻地说："黄医生，你平时很爱看书吗？"

黄玉凤医生淡淡地说："夜里看。"

"你经常看谁的作品？"

"横沟正史的。"

张宇医生想说一点光明的事情，就问："爱不爱看杂志？"

黄玉凤仍然淡淡地说："我看我父亲死前留下的旧书。他的旧书有几箱子，看也看不完。"

风更大起来。门被穿堂风鼓动，响了一下。

别人说"生前"，他偏要说"死前"——张宇医生的心缩紧了。

墙上的钟敲了十二下。

张宇医生怕到了极点。

他突然恼怒了，觉得这个怪兮兮的人要把自己弄崩溃！他索性豁出去了，用尽生命里全部的勇气，猛地坐起身子，直接刺向那个最敏感的话题："黄医生，你说……那个男尸到底是被谁涂的口红呢？"

黄玉凤医生的态度令张宇医生无比意外，他的头都没有抬起来，冷冷地说："也许是那个男尸自己。"

张宇医生没话了。他像一个泄了气的皮球，慢慢缩下身子，把头埋进被角，一动不动了。

黄玉凤的回答是一个高潮。他为这个故事说出了一个非常利落的结尾。可是，现实不是文学故事，任何人都无法设计结尾，现实还得继续。

张宇医生的心里更加恐惧。

墙上的钟走得更慢，"滴答滴答滴答"。

张宇医生再没有说话，他假装睡着了。

书一页一页地翻着，很响。

张宇医生咬着牙下决心，明天就跟院长说，下次他无论如何都不会跟黄玉凤医生一起值班了，哪怕被开除。

过了很久，黄玉凤医生仍然在翻书。他不像是在阅读，而像是在书中寻找一个永远找不到的书签。

他在看什么？

终于，黄玉凤医生把床头灯关掉了。房间里一片黑暗。

在黑暗中，张宇医生严密地聆听着他的一举一动。他好像一直保持着那个倚在床头的姿势，没有脱毛衣钻进被窝。张宇医生感觉他正在黑暗中木木地看着自己。张宇医生吓得连气都不敢喘了。

又过了很久，张宇医生听见黄玉凤医生好像轻轻地下了床，在找鞋。他的声音太小了，张宇医生甚至不敢判定那声音是否真实，他怀疑是自己的错觉。他的拳头攥紧了。一个黑影终于从他面前飘过去，轻轻拉开门，走了。

张宇医生想跟出去，但是心里极其害怕。不过他很快又觉得一个人留在这个房子里等他回来更害怕！他最后披上外衣，轻轻从门缝探出脑袋，窥视黄玉凤医生到底要干什么。

黄玉凤医生在狭窄的楼道里蹑手蹑脚地来到葛桐的窗外，从窗帘缝隙朝里偷看。也许是葛桐不敢睡觉，她房子里的灯微微地亮着。那条缝里流出的光照在黄玉凤医生的脸上，有几分狰狞。他表情阴冷地看了一会儿，又蹑手蹑脚地回来了。

张宇医生大惊，急忙钻回被窝里。黄玉凤医生进门，上床。这一次他脱了毛衣，进了被窝。

他去看什么？他看见了什么？

过了一会儿，张宇医生假装起夜，披衣出门，也来到葛桐的窗前。

他朝里一看，头发都竖起来了！

葛桐坐在床边，神态怪异，双眼无神，她对着镜子，朝嘴上涂口红，涂得很厚很厚，像那具男尸的嘴一模一样。

她描眉画眼之后，直直地站起来，木偶一样朝外走。张宇医生急忙躲进对门的卫生间，听着葛桐的脚步声在空荡荡的楼道里走远，他才闪身出来，心"怦怦怦"地跳着，鬼使神差地尾随她的背影而去。

葛桐走下黑暗的楼梯，走出楼门，右拐，在黑夜中朝楼后的停尸房方向走去。

张宇医生远远地跟着她。住院部大楼和停尸房之间的空地上，风更大。他看着她飘然一闪进了停尸房。张宇医生蹲下来，再也不敢靠近一步了。过了一会儿，他看见葛桐背着那具男尸走出来，跟跟跄跄地朝住院部走去。

张宇医生跟她进了楼，看着她背着男尸上楼梯。

她的身体有些单薄，竟然把那具男尸一直背上二楼，背进护士值班室，放在床上，然后在幽暗的灯光下一边为他涂口红，一边嘟嘟囔囔地对他说着什么。化妆完毕，她又背起男尸，出门，下楼……

大约十几分钟后，她像木偶一样走回来，洗脸，刷牙，上床，关灯，睡觉。

张宇医生傻了。他忽然明白了另一个道理：直觉、判断、推理、规律大多时候是南辕北辙的。在我们对我们的智慧、技术自以为是的时候，其实离真相、真理还差十万八千里。

张宇医生回到他的值班室，黄玉凤医生的床头灯亮了，他又在一页一页地翻书。

他淡淡地说："张医生，你去厕所的时间真长啊。"

张宇医生惊恐地说："是她！是她……"

黄玉凤医生没什么反应，冷冷地说："夜还长呢，睡吧。"

次早，发现那具男尸的脸浓妆艳抹，整个医院又骚动起来。

院长一上班就知道了这个情况，他带两个值班男医生和葛桐一起去停尸房查看。葛桐看了那具男尸的样子，吓得惊叫出声来，接着就呕吐不止。

张宇医生轻蔑地说："葛桐，别表演了，我昨天亲眼看见你把这具男尸背回来，为他化妆，又把他送回了停尸房！"

院长睁大了眼睛。黄玉凤医生面无表情。

葛桐的脸色苍白，颤颤地指着张宇医生说："张大夫，你血口喷人！肯定是你干的，却来诬陷我！"然后她极度委屈地哭起来。

张宇医生有点动摇。看表情，好像真不是她干的。难道昨天夜里自己是做梦？

他现在已经不信任一切了，包括自己的眼睛。他瞪着一双也许是出了错的眼睛直直地看葛桐，用他那一颗很可能是错上加错的大脑使劲地想。

院长看看葛桐的表情，又看看张宇医生的表情，迷糊了。

是张宇医生干的？不可能啊。是葛桐干的？越想越离奇……院长想先稳住大家，就说："这件事情很奇怪，但是也没什么大不了的，找人把男尸的脸洗净就完了。大家回去吧。"

院长非要把事情搞个水落石出。

半年后，又轮到黄玉凤医生和葛桐值班的时候，院长叫来两个院工，让他们假造一个尸体，然后放进停尸房。

晚上，他埋伏在医院里没有回家。他藏在汽车里，汽车停在住院部和停尸房之间的空地上。大约凌晨两点钟，他看见一个人木偶一样从楼角闪出，向停尸房走去。

院长也倒吸一口凉气，他壮着胆走出车门，径直朝那个人影追去。

正是她。她的脸涂了厚厚的粉，很白，在月光下有几分吓人。

院长的腿也抖起来。他的社会职务是院长，他似乎不应该害怕。可他的人性与我们毫无二致。他哆哆嗦嗦地喊了一句："葛桐，你去哪儿？"

她继续走，目视前方："我去停尸房。"

"去停尸房干什么？"

"找朋友。"

院长伸手拉她，却发现她的力气奇大！

她一把揪住院长："你是朋友？"

院长的魂都吓散了，他拼命挣开她的手，闪开几步，大吼道："你梦游！"

葛桐听了这句话，骤然瘫倒在地……

这个可怜的女孩子对梦游一无所知。

有一天，院长找她聊天，听她讲她过去的故事。院长筛选出了这样一件事：

她读小学的时候，见过一次死人，那时候她在农村，死者是个女性，死者家属为她画了口红，那场面令她无比恐惧，深深烙在她的脑海中……

被院长震醒之后，葛桐不再梦游了。

这就牵扯出一个如何正确面对死亡的问题，属素质教育范畴，略去。

又一次黄玉凤医生和葛桐值班。天黑后，黄玉凤医生走进葛桐的房子，他第一次笑得这样明朗。他对葛桐说："葛桐啊，上次我们一起坐车，你不是问我最大的愿望是什么吗？现在我告诉你吧。"

黄玉凤医生麻利地打开他的皮包，里面竟然都是美容工具和化妆用品！他抽出一把锋利的剪子，突然不笑了，紧紧盯着葛桐的眼睛说："我的最大愿望就是给死人美容。"

葛桐吓傻了。

他一步步走近葛桐，他手中的剪子已经逼近了葛桐的喉管："你给我当模特，好不好？"

Story **5**

I MEET MYSELF

狐店

经常写恐怖故事的人，早晚要遇到恐怖的事。

卣　引子

有一个人，他跟我一样，专门写恐怖故事。我的才华比不上他。

他叫彭彭乐，在市里的文化馆工作。

有意思的是，专门写恐怖故事的彭彭乐胆子特别小，只敢在白天写，晚上早早就钻进被窝睡了。早上，他把窗子打开，让充足的阳光射进来，然后打开电脑敲字。他的电脑桌横在屋子一角，和两面墙合成三角形，他写作的时候，身子就缩在那个三角里，倚靠着两面墙。他的电脑摆放得很低，也就是说，整个房子都在他的视野里。他一边敲字，一边贼溜溜地看四周。

尽管如此，他还是一直坚持写。

这就是爱好。

经常写恐怖故事的人，早晚要遇到恐怖的事。听我慢慢讲下去。

有一天，彭彭乐做了一个挺恐怖的梦，那个梦很漫长，最后他惊恐至极，硬是挣扎着醒过来，吓出了一身冷汗，被子都湿透了。醒来之后，他打开所有的灯，瞪大眼睛，再不敢睡了。

天亮之后，他忽然想，这个可怕的梦不正是一个很好的素材吗？

晚上，他给几个要好的文学界朋友打电话，请他们到家里来喝酒，然后，他把这个构思对大家讲了，听得大家默默无语，气氛很古怪。

作为彭彭乐的同行，我听过很多恐怖故事，可谓经多见广，但是他的梦确实让我不寒而栗：

他并不是他所梦事件中的主角，他仅仅是观众，或者说他肉体的一切都不存在，无法反抗，无法逃遁，他只剩下一双观看的眼。好在事情似乎与他无关——只要你看见了，事情怎么可能与你无关？

什么事件？

——荒郊野外，下着暴雨，有个瘦小的人低头急匆匆地赶路。他披着黑色的雨衣，穿着黑色的雨靴，看不清他的脸，偶尔有惊雷闪电，照出他的嘴很小。

终于看见了一座孤零零的旅馆，瘦小的人走了进去。

旅馆停电了，黑糊糊的，只有登记室的小窗里闪烁着一根蜡烛。没有人。

瘦小的人脱掉雨衣，搭在了胳臂上。他的脸有点苍白，他的嘴的确很小。

他喊了一声："住店！有人吗？"终于从走廊尽头的黑暗处走来一个人，模模糊糊的，瘦小的人眯着眼费力地打量对方。这个人越来越近了，就在彭彭乐要看清他的时候，登记室里的蜡烛突然灭了，瘦小的人抖了一下，胳臂上的雨衣"啪嗒"一声掉在地上。

一个声音说："别怕，是风捣的鬼，我马上为你点上，让你看清我。"

火柴跳跃着亮了，点着蜡烛之后，彭彭乐乘机看清了那张脸——对方同样是一个瘦小的人，他大眼睛，高鼻子，宽下巴，看起来怪怪的。他麻木地看着瘦小的人。瘦小的人低下头，掏钱登记。最后，他住进了444房间，住宿费便宜得令人吃惊。

彭彭乐的眼睛飘飘忽忽地跟随着瘦小的人，进入了一个简陋又狭小的房间。瘦小的人坐到床前，使劲脱雨靴。那双雨靴出奇地大，和瘦小的人很不般配，可是，他费了半天劲，怎么都脱不下来，好像那双雨靴长在了他的脚上似的。他脱了好长好长时间，都出汗了，还是脱不下来。他太累了，就躺在了床上，两只脚在床下垂着。躺了一会儿，他感到很不舒服，坐起来，继续努力脱那双雨靴，还是脱不下来！这时候，墙上的老座钟敲响了十二下，午夜了。瘦小的人放弃了脱雨靴，眼睛盯住了那张八仙桌。后来，他一步步走了过去，轻轻拉开抽屉，看见里面有一本发黄的书，他拿起来翻看，书上写道：

一个雨夜，有个大眼睛的人走进了一家荒野旅馆，住进了一个简陋又狭小的房间。这夜电闪雷鸣，四周漆黑，大眼睛的人躺在床上回想在登记室遇见的那个瘦小的店主，越来越觉得他长相古怪，举止异常，怎么都睡不着了。墙上的老座钟敲十二下的时候，他起身打开了那张八仙桌的抽屉，看见了一本发黄的书……

那本书上接着写道：

一个雨夜，有个高鼻子的人，走进了一家荒野旅馆，住进了一个简陋又狭小的房间。这夜电闪雷鸣，四周漆黑，高鼻子的人躺在床上开始琢磨，这个房间在二楼，为什么是444号呢？他翻来覆去睡不着了。墙上的老座钟敲十二下的时候，他起身打开了那张八仙桌的抽屉，看见了一本发黄的书……

书上继续写道：

一个雨夜，有个宽下巴的人走进了一家荒野旅馆，住进了一个简陋又狭小的房间。这夜电闪雷鸣，四周漆黑，宽下巴的人躺在床上，一直在想一个问题：这个房间为什么这么便宜呢？连电费都不够！想着想着就睡不着了。墙上的老座钟敲十二下的时候，他起身打开了那张八仙桌的抽屉，看见了一本发黄的书……

书上写的是什么呢？书上说：过了半夜12点，电走了，我就穿着绣花鞋来看你……

"我"是谁！

宽下巴的人头皮一下就麻了。

高鼻子的人扔了书，一下就钻进了被窝。

大眼睛的人读到这里猛地把书合上，惊惶地四下张望。

彭彭乐也害怕，他想闭上眼睛不看结果，可是他怎么也闭不上。他已经不知道自己进入的是第几层面的故事了。（老实讲，写到这里我也有些糊涂，一直在努力弄清一层层故事的关系。我很害怕迷失在里面，永远走不出来。）

瘦小的人好像不怎么害怕，他继续看下去：

那个大眼睛的人想逃离这家神秘的旅馆，可是他不敢出去，他害怕再见到那个长相古怪举止异常的店主，他只能一分一秒地熬时间。他越不看那本书越觉得害怕，终于又把它拿起来，那上面写道：

那个高鼻子的人过了好半天才慢慢从被窝里露出头，等了半天没什么动静，慢慢爬起来，又忐忑不安地打开那本书，继续看下去，那上面写道：

宽下巴的人侧耳听了一会儿，突然房间陷入了一片漆黑，果然停电了！接着，走廊里就传来了一阵脚步声，很轻柔，那无疑是一双绣花鞋……

高鼻子的人看到这里，房间里也停电了！他不停地哆嗦起来，跌跌撞撞地摸到床上，又一次钻进了被窝。不一会儿，走廊里真的传来了脚步声，慢慢腾腾的，肯定是一双绣花鞋……

大眼睛的人看到这里，深刻地明白了，书中的故事正是在提示自己接下来即将发生的事情！果然，电"哗啦"就停了，接着，走廊里传来了那双绣花鞋的走动声，越来越近……

彭彭乐梦里那个瘦小的人看到这里，在书里放了一个书签，轻轻合上，坐在床边，继续脱雨靴。房间里陡然一黑，停电了。不过，他终于把雨靴脱了下来。天上亮起一道刺目的闪电，彭彭乐看见，原来这个瘦小的人在雨靴里还穿着一双鞋，那是一双红红绿绿的绣花鞋！

闪电过后，瘦小的人就隐身在了黑暗中。彭彭乐都要吓死了，他终于明白他为什么总是脱不下那双雨靴了！不知道过了多长时间，444的房门"吱呀"一声开了，瘦小的人轻轻走了出去。他穿着那双绣花鞋走在走廊里，脚步慢慢腾腾……

这个梦很长，彭彭乐做了一整夜。故事中还有故事，故事中的故事中还有故事，一个套一个，讲起来很费力，我想打住了。再讲下去就会泄露机密。

彭彭乐嘱托那几个文学界的朋友，听了这个梦不要外传，因为他要用这个素材写一本最恐怖的畅销书。

可是，他没有实现这个愿望，因为不久他就走进了这个梦中的情境中……

🔲 地下登记室

彭彭乐在一段时间内没有动笔，对他来说，写这本书是个大工程。

一天，他到乡下去采风。平时，他经常去乡下，因为他要搜集一些民间的恐怖故事，据他的经验，越是偏远的没有外界人涉足的地方越有好故事，他记得有一个人说，最好的民间艺术至少在乡级文化站以下。这话太对了。

这次他去的那个村庄叫天堂村，离市里有一百多里路。他是骑摩托车去的。

第二天中午过后，他骑摩托车返回城里。走着走着，他的摩托车熄火了，他下来修理，是火花塞出了问题，没有备用的，这是一件很麻烦的事情。彭彭乐的车技很棒，但是再棒也不可能把一堆废铁骑着跑起来。他抬头看看，一片荒草甸子，附近没有一户人家。

回家的路一下变得漫漫无尽头。

那个地方很偏僻，沙土公路，很难见到车辆。他只能粗略地判断这地界可能归B县管辖，B县是全国有名的贫困县。

太阳已经西沉，整个人间带着倦色。一只乌鸦低低地飞过，它差点撞到彭彭乐的肩头上，它叫了一声，像童话里的不祥之物。

彭彭乐只好推着摩托车朝前走。

走着走着，天黑了，他有点害怕起来。路两旁长着丑巴巴的榆树，歪歪扭扭，饧毛饧刺，它们神秘地看着从面前走过的这个人，那种静默让人心里没底。他的脚走在沙土路上，"嚓、嚓、嚓、嚓、嚓、嚓……"

从这时候起，写恐怖故事的彭彭乐开始体验恐怖生活。他越走越怕，摩托车越来越重。他总感到摩托车后座上坐着一个人：大眼睛、高鼻子、宽下巴，脚上穿一双怪怪的绣花鞋……彭彭乐不停地回头看，摩托车的后座上什么也没有。他加快了脚步，可是走得越快越感觉那个人的存在。最后，他简直要崩溃了，把那辆坏摩托车扔在了路边的草丛里，一个人朝前跑了。

不知道跑出了多远，他终于看见前方出现了微弱的灯光，那是一座房子，就像我们常见的那种路边旅馆，住宿吃饭停车。彭彭乐立即跑了过去。

拐个弯儿，他发现那座房子并不在路边，离沙土公路有半里远。彭彭乐下了公路，顺一条土路走向它。

那是一座灰色尖顶的小楼，很老旧，有高高的墙，彭彭乐觉得它更像一座废弃的乡村教堂。当他跑近它之后才肯定那真的是一个旅馆。它的大门上挂着木牌子，用红油漆写着：旅馆。

彭彭乐推开漆色斑驳的门，踉踉跄跄地走进去。进了门，触目是窄仄的楼梯，有一个牌子：登记室在地下。

地下？

我们的恐怖故事作家有点害怕，因为地下并没有光亮。他倚在墙上一边歇息一边下决心。最后他顺着楼梯走下去了。楼梯很短，就是说，地下室很低矮，刚刚能站直身，彭彭乐当时觉得它更像墓穴。

一个很小的窗子，令人压抑。他朝里看看，一个女人在低头打毛衣。她的眼睛很大，鼻子很高，下巴很宽。快半夜了，这里又这么偏僻，根本不会有什么顾客，可是她竟然还不睡。彭彭乐觉得她好像专门在等他。

"师傅，这附近能不能雇到卡车？我的摩托车坏在半路了，我想把它拉过来。"

"荒郊野外，深更半夜，哪能雇到卡车！"那个女人显得极不耐烦。

"那我就住下来吧。"

对方把窗子打开一条缝，扔出一个登记本，继续打毛衣。

登记本上的内容有点奇怪：姓名，性别，年龄，婚否，血型，病史，嗜好，从哪里来，到哪里去。

彭彭乐尴尬地说："我不知道我的血型……"

那女人头也不抬地说："知道什么填什么。"

彭彭乐填写完毕，交了钱，问了一句："你们不要身份证？"

那个女人理都不理，扔出一个钥匙："200房。"

彭彭乐惊诧地问："怎么有200房？"

那女人一边打毛衣一边说："你怎么这么多废话！"

彭彭乐停了停，又试探地问："你们给寄存现金吗？"

那女人说："今晚没有其他旅客，只有你一个人，没有人偷你。"

彭彭乐不知再说什么，就拿了钥匙，离开地下室，上楼了。走到一楼，他有些犹豫，想离开这个怪怪的地方，这时才发现外面隐隐有雷声，只好作罢，他想，能有什么事呢！

八仙桌的抽屉

他上了二楼，果然有200房。他打开门进去，发现这个房间的灯很暗，只有一张床、一个八仙桌、一把椅子。连个电视都没有。靠门的那面墙上有个高高的拉门，那肯定是个衣柜了。

他反锁了门，换了拖鞋，躺在床上。

天很快黑了，伸手不见五指。雷声忽远忽近。

彭彭乐忽然想起那个女人的话："今晚没有其他旅客，只有你一个人……"

他有点害怕，又有点不理解——既然没有人，为什么偏偏让自己住二楼呢？一楼空着，三楼也空着。

恐怖故事作家马上感到这是一个极为不利的楼层。

他想下去换一个一楼或者三楼的房间，但他一想要走过那黑暗的走廊和楼梯，要走进那个墓穴一样的地下室，要见那个怪兮兮的女人，又放弃了这个想法。

他只想混到天明，赶快离开。

已经有雨点落在窗子上，声音很大。这一夜，彭彭乐将和那个大眼睛、高鼻子、宽下巴的女人一起在这座孤店里度过……

彭彭乐睡不着，把本子拿出来，坐在桌前整理他的乡下见闻。写了几行字，他实在没有心情再写下去，就收了笔。

他感到这个空落的房间四处都潜藏着眼睛。他偶尔看了八仙桌的抽屉一眼，心猛地抖了一下。他想起了自己曾经做过的那个梦。

那个抽屉关得严严的。

墙上挂着一只钟，慢腾腾地走着，不快不慢，精确，冷静。

彭彭乐背靠屋角坐在床上，就像在家敲字时的那个姿势。他的眼睛盯着那个抽屉，一眨不眨。他的耳朵里只有一个声音，那是钟的声音，"滴答、滴答、滴答"。

离半夜12点还有一段时间。可是彭彭乐实在受不了煎熬，他下了床，一步步走向那个抽屉。

他多希望打开抽屉之后，看见里边放的是一本花花绿绿的最新版的杂志啊，最好就是他的朋友周德东主编的杂志，那样他会放松很多。

可是，他看见的却是一本书，一本发黄的书！

他十分惊恐，迅速把抽屉关上了。

可是，关上抽屉之后，他更加害怕。又一次把抽屉打开，哆哆嗦嗦地把那本书捧出来：那是一本已经很旧的书，不知被多少人翻阅过了，书页已经卷边。

他想，也许自己太多疑了，也许这是店主对没有电视的一个补偿吧。

他一看书名，打了个冷战：《孤店》。这是一本没有作者名字、没有出版单位、没有书号的书。

第一页写着：

有个人，他走进了一个荒野里的孤店。这个旅馆有三层，很古老，四周没有一户人家。他住进了200房。

雨哗哗地下起来，黑暗的世界被淹没在水声里。彭彭乐感到自己实实在在地钻进了自己做过的那个古怪的梦里，或者说那个梦像黑夜一样严严实实地把他给罩住了。他只有一条路，读下去，看看自己的命运到底是什么样的结局。

那书接下来写道：

这个人感到十分无聊，闲闲地打开抽屉，看见了这本书，于是他好奇地读起来。

写的果然是自己！彭彭乐身不由己地走进了书中！这是一个完全陌生的世界，他倍感无助。

书上又写道：

时间一点点地过去了，午夜来临，十分寂静。突然，楼梯里传来一个人的脚步声！脚步声很慢，走一走，停一停，走一走，停一停，不知是从楼上传来的，还是从楼下传来的……

彭彭乐猛地把书合上，不敢再看下去了。看了看腕上的手表，还差一刻钟就到午夜12点了！

他的大脑一片空白，像等死一样等待那一刻的到来。

过了很久很久，并没有什么脚步声。他镇定了一下心神，想，书就是书，是自己太多疑了，也许是店主在开玩笑……

想到这里，他下意识地又看了看手表，还不到12点！原来是时间过得太慢了。

当手表指针指向12点的时候，房间里一下就黑了，接着，楼梯里传来了脚步声！很慢，走一走，停一停……

彭彭乐的头发都竖起来了。

他呆呆地听着那脚步声，轻轻的，软软的，肯定是一双绣花鞋！他无法判定它是从楼上走下来，还是从楼下走上来。它慢慢朝他的房间走过来，又渐渐地远了，过了一会儿，又慢慢地走回来……

彭彭乐不知是惊恐还是愤怒，突然想大喊一声，可是终于没有喊出来。

他拿着书，退到床上，紧紧抓住被角，抖成一团。

他想不清楚，此时在走廊里走动的人，到底是梦里的那个瘦小的人，还是登记室的那个冷漠的女人？彭彭乐感觉，梦里梦外这两个人还真像一对孪生兄妹。

不管是他还是她，这个人最后会不会走进来？

彭彭乐掏出手机，想给弟弟打个电话，可是没信号！不过，它的屏幕可以带来一点微弱的光亮。他像窥视审判书一样又翻开了那本书。

书上是这样写的：

几分钟之后，奇怪的脚步声消失了。可是，楼梯里又传来了扭秧歌和唱二人转的声音……

果然响起了扭秧歌的声音，好像很遥远，又好像就在楼梯上，还夹杂着女人的笑声。这个雨夜，谁在扭秧歌？

彭彭乐已经吓得面如死灰。他想跳下楼逃离，可是来到窗前，却听见那扭秧歌的声音就在楼下。就是那个最传统的调：擞拉擞拉都拉都，擞都拉擞米来米，米拉擞米来都来，来擞米来米拉都……

还有一男一女在对唱，正是东北那种大红大绿的二人转，透着一种浅薄的欢快：三月里，是呀是清明，兄妹二人手拉手，来到郊外放风筝。小呀小妹妹，放的是七彩凤。小呀小哥哥，放的是搅天龙。得儿，得儿，哪啦咿呼嗨呀……

他退到床上，那声音又从门缝挤进来。

他咬着牙翻开那本书，书上接着写道：

扭秧歌和唱二人转的声音渐渐停止了。这时候，这个旅客已经快被吓疯了。他预感到自己离死不远了。他发疯地踹开洗手间，在里面摸了半天，什么都没摸到；他又发疯地拉开靠门的那个衣柜门，里面黑糊糊的，影影绰绰有个人高高地立在里面，正是那个登记室的女人！她脸色苍白，满脸血渍，直直地倒下来，用手抓这个旅客……

彭彭乐没有发疯。

他轻轻地打开洗手间的门，里面死寂无声。他举着手机照了照，没人；他转过身来，面对那个紧闭的衣柜门却不敢伸手了。

他搬来椅子——这是这个房间里惟一的可以做武器的东西，站在衣柜前，可还是不敢打开那扇门。

他回到床上，蒙上被子，只露出一双眼睛，死死盯住黑暗中的那扇衣柜门。那是一扇即将要他命的门。

窗外的雨声一下大起来。

他想起了周德东，那个勇敢的人，他经常说：相信阳光。无论什么莫名其妙的事情都有谜底，不要怕，你如果没兴趣，可以不理睬；如果有兴趣，就去刨根挖底，弄个水落石出。最后的结果肯定令你哑然失笑……

彭彭乐靠回忆我的话壮他的胆子。

可是，他到底还是对这些话失去了信任。因为过了很久之后，那扇衣柜里传出了轻轻的敲击声，隔一会儿敲一下，隔一会儿敲一下……

彭彭乐剧烈地哆嗦起来。

衣柜里的敲击声越来越响！

终于，里面传出了一个女人的声音，她的声调很低，语速很慢："我……好……冷……啊……"

彭彭乐要崩溃了。

过了一会儿，那个声音又响起来："我……好……冷……啊……"

彭彭乐这时候已经瘫软，想动都动不了。

那个声音越来越低："我……好……冷……啊……"

接下来突然死寂无声。

离天亮还有十万八千里，而时间这时候停了。

又过了一会儿，衣柜门"吱吱呀呀"被拉开了，拉一下停一下，拉一下停一下，拉一下停一下……

天上亮起一道闪电，彭彭乐看到了那个登记室的女人！她穿一件白色的长袍，一双红红绿绿的绣花鞋，面无表情，直挺挺地走出来。

她站在彭彭乐的床前，颤颤地说："你……的……姓……名……你……的……年……龄……你……的……血型……"那声音飘飘忽忽，毫无质感。

彭彭乐惨叫一声，当场吓死。

⊞ 从天堂来，到地狱去

这个女人慢慢脱掉长袍，低下头去，好像在自言自语："死了……"

过一会儿，昏昏黄黄的灯亮了，接着门"吱呀"一声开了，竟然又进来一个和她长得一模一样的女人，她也是大眼睛，高鼻子，宽下巴。她的手里好像提着录音机之类的物什。

她们掀开被子，翻弄彭彭乐的衣服和挎包，好像在寻找他的亡魂。灯光照着她们的脸，十分苍白。彭彭乐瘦小的尸体直挺挺地躺在床上。这两个女人好像是在表演古怪的哑剧，而彭彭乐的尸体就是她们的道具。

可怜的彭彭乐，他的身上只有几张够买一张长途车票的钱。

最后，两个女人把彭彭乐抬起来，来到地下室的地下室，把他扔进一个十分隐蔽的地窖里。然后一个女人在笔记本上写道：

第3个。姓名：张涛（彭彭乐身份证上的名字）。性别：男。年龄：38岁。血型：（空）。婚否：否。嗜好：看书。从哪里来：天堂。到哪里去：地狱。

做完这一切，已经是凌晨两点钟，其中一个女人不知消失在哪里了，另一个女人又端端正正地坐在了登记室里。

这两个孪生姐妹的犯罪灵感来自于她们的表弟。她们的表弟是彭彭乐的朋友，他听彭彭乐讲过那个梦。

卣　复活

雨下了一夜。

第二天，又下了一天。到了晚上，还没有停歇的意思。

天阴得厉害，因此早早就黑了。

女人一边在登记室打毛衣一边焦急地等待下一个客人。她的心情很糟糕，昨夜遇到了一个穷鬼，那点钱财还不够她和妹妹的演出费。

她盼望今天能来一个富人。

来了。

快半夜时，她听到了一辆车开进了院子。听引擎声，那应该是一辆不错的轿车。

车停好之后，一个人走进了旅馆。和前几个一样，他在进门处犹豫了一下，然后顺着楼梯朝地下室走下来。

她装作漫不经心地继续打着毛衣。

这个人站在小窗外，说："师傅，我住店。"

她抬起头正要说话，一下就傻了——这个人正是昨晚那个被吓死的人！他已经把脑袋探进了登记室的小窗子，近近地看着她。

他怎么从地窖里爬出来了？他怎么从外面走进来了？

她木木呆呆地看着他，手里的两根织针开始打架。

他说："怎么了？这里不是旅馆吗？"

她颤巍巍地说话了："你，昨天晚上，不是，不是在我们这里住过吗？半夜的时候，你，你已经走了啊……"

我说："哦？那一定是我哥，我俩是双胞胎，我听说他来这一带采风了，他是个作家。昨天晚上，他也住在这里啊？太巧了。"

她反复打量这个人，看不出他跟昨夜那个人哪里有区别，只是衣服不同而已，她的心依然"怦怦"地狂跳着，问："你是……干什么的？"

他说："我是做生意的。"

她的视线从他的脸上滑下来，瞄了一眼他鼓溜溜的皮包，说："那你填一下登记单吧。"

他接过那个登记看了看，有些尴尬地说："我不知道我的血型……"

她说："知道什么填什么。"

他填完之后，交了钱，问了一句："你们不要身份证？"

她感觉这话有点熟悉，说："不用的。"然后，她扔给他一把钥匙："200房。"

他有些惊讶地问："怎么有200房？"

她说："这有什么奇怪的，昨天晚上，你哥住的也是这个房。"

他离开之前，想起了什么，又问了一句："你们给寄存现金吗？"

她静静地观望着他的眼睛，头皮又渐渐发麻了——他说的这些话，和昨天晚上那个人说的话，一模一样！

她压抑着内心的恐惧，说："今晚没有其他旅客，只有你一个人，没有人偷你。"

这个人"哦"了一声，转身上楼了。她拿起他的登记单看了看，上面写着——

姓名：张浪。性别：男。年龄：38岁。血型：（空）。婚否：否。嗜好：看电视。从哪里来：B县。到哪里去：A市。

她对他半信半疑。

直到半夜，她才确定这个人真的是昨天晚上那个人的弟弟，因为他也被吓死了。

可是，令她和妹妹沮丧的是，翻遍了这个人的全身，也没找到多少钱。好在外面有一辆轿车。

姐妹俩把这个人抬到地下室的地下室，扔进地窖，让他跟他哥去做伴了。接着，妹妹又藏进了200房间，姐姐又坐在了登记室里，希望再等来一个客人。

🔲 第三个

第三天，雨还在下。

虽然天气不好，但是生意好，这不，天黑之后，又有一个人走进了这家荒野旅馆。

他顺着楼梯走下来，站在地下登记室的小窗外，说："师傅，还有房间吗？"

她抬头一看，魂儿一下就散了——这个人是前夜的哥哥，还是昨夜的弟弟？不管他是哥哥还是弟弟，那两个人都死了啊！

他把脑袋探进小窗，近近地看着她，低低地说："昨夜，你翻遍了我的全身，就是没翻我的鞋底。"

说着，他举起了一个警官证晃了晃。

她突然大喊一声："妹妹，快逃！"

他淡淡地说："她在警车上。"接着，他又拿出了一副手铐，说："你来还是我来？"

他押着她从地下室爬出来的时候，他咬着牙说："如果你不害我哥，这案子破不了这么快。"

ⓒ　周德东　2008

图书在版编目（ＣＩＰ）数据

我遇见了我/周德东著. 一沈阳：万卷出版公司，
2008.8
　（周德东文集）
　ISBN 978-7-80759-292-1

　Ⅰ.我… Ⅱ.周… Ⅲ.长篇小说—中国—当代　Ⅳ.
I247.5

中国版本图书馆CIP数据核字（2008）第106538号

出版发行：万卷出版公司
　　　　　（地址：沈阳市和平区十一纬路29号 邮编：110003）
印 刷 者：辽宁星海彩色印刷有限公司
经 销 者：全国新华书店
幅面尺寸：145mm×210mm
字　　数：208千字
印　　张：8
出版时间：2008年8月
印刷时间：2008年8月
责任编辑：王亦言
特约编辑：雷　同　何　娜
装帧设计：居慧娜
ISBN 978-7-80759-292-1
定　　价：22.00元

联系电话：024-23284442
邮购热线：024-23284454
传　　真：024-23284448
E-mail：vpc@mail.lnpgc.com.cn
网　　址：http://www.chinavpc.com